La mujer de sombra

Luisgé Martín

La mujer
de sombra

EDITORIAL ANAGRAMA
BARCELONA

Ilustración: foto © Anna Stępska

Primera edición en «Narrativas hispánicas»: marzo 2012
Primera edición en «Compactos»: marzo 2015

Diseño de la colección: Julio Vivas y Estudio A

© Luisgé Martín, 2012

© EDITORIAL ANAGRAMA, S. A., 2015
  Pedró de la Creu, 58
  08034 Barcelona

ISBN: 978-84-339-7766-3
Depósito Legal: B. 2598-2015

Printed in Spain

Liberdúplex, S.L.U., ctra. BV 2249, km 7,4 - Polígono Torrentfondo
08791 Sant Llorenç d'Hortons

Para Palmira y Miguel, en la isla desierta

Todo lo que es interesante ocurre en la sombra. No se sabe nada de la verdadera historia de los hombres.

CÉLINE, *Viaje al fin de la noche*

... presentí que el verdadero peligro se esconde en las relaciones cotidianas, en las personas que nos quieren, porque nos obligan a cerrar los ojos si queremos seguir siendo felices a su lado.

JOSÉ ANTONIO GARRIGA VELA, *Pacífico*

Porque ese cielo azul que todos vemos
ni es cielo ni es azul; ¿y es menos grande,
por no ser realidad, tanta belleza?

BARTOLOMÉ LEONARDO
DE ARGENSOLA, «Soneto»

Guillermo vive con Olivia desde hace seis años en una casa alquilada que tiene un balcón grande desde el que se ven los tejados de Madrid. En el vestíbulo de la casa, sobre un taquillón de madera, hay una foto de ellos hecha el día de su boda. Están desnudos. Guillermo, muy serio, mira a la cámara con teatralidad. Olivia, en cambio, tiene una mueca desfigurada por el esfuerzo para disimular la risa: los labios arrugados, los ojos muy abiertos, los pómulos tiesos. En la mano, a la altura del vientre, sujeta un ramo de orquídeas con adornos nupciales. Tiene las uñas de los pies pintadas y una pulsera dorada en el tobillo. El pelo lo lleva suelto, despeinado, pero también tiene un aliño: una flor blanca. El suelo es de césped y al fondo hay arrayanes.

A Guillermo le gusta esa fotografía. Cuando algún desconocido le pregunta si está casado, saca una copia que lleva en la billetera y la enseña con orgullo. «Es mi mujer», dice. De sí mismo hace un retrato exacto, científico: tiene treinta y nueve años, mide un metro setenta y siete y pesa setenta y dos kilos; su pelo, muy corto, es castaño; no tiene barba ni bigote, no usa gafas; va al gimnasio tres veces por semana desde que era joven y juega al tenis y al fútbol con un grupo de amigos, de modo que, a pesar de los menoscabos de la edad, conserva aún un cuerpo atlético, musculoso, de brazos nervudos; tiene los ojos azules con el iris muy grande; sus lacrimales sufren una pequeña atrofia y a veces llora sin darse cuenta, sin emoción ni daño; en su cuerpo hay tres marcas singulares: una cicatriz recosida en el cuello, una mancha sanguinolenta detrás de la oreja izquierda y un forúnculo negro, gelatinoso, en la cadera; sólo le crece vello en las piernas y en las axilas; y su verga —la nombra así, pues le disgustan las palabras bastas, de aire tabernario: no dice nunca "polla" o "cipote"—, sin circuncidar, mide diecisiete centímetros y es gruesa.

Una sombra en el retrato, una imperfección: Guillermo no se llama en realidad Guillermo, pues su padre, que era médico psicoanalista, le puso en el bautismo Segismundo para honrar a Freud. De niño sufrió las burlas de todos, pero al cumplir dieciocho años se mudó de ciudad y aprovechó el trance para elegir un nombre nuevo que no se prestara tanto al escarnio o a la compasión. Compró un libro en el que se explicaban, en orden alfabético, las etimologías y las variantes de todos los nombres de pila españoles y, después de una deliberación minuciosa, escogió el que a su juicio más le convenía: Guillermo, de origen románico, que significa "Aquel que protege con decisión" y que unge a quien lo lleva con virtudes admirables. A todas las personas que fue conociendo en la ciudad a la que se había mudado les dijo que se llamaba así: Guillermo. Rotuló el buzón de su casa con ese nombre. Se hizo imprimir tarjetas, inventó otra firma. No acudió nunca al registro para rectificar la voluntad de su padre, sin embargo, pues le parecía que con esa formalidad estaría renegando de él: hacerse llamar Guillermo, como si fuera un sobrenombre o un remoquete, era un gesto de debilidad, una flaqueza, pero cambiar los documentos, enmendar el pasaporte, el carnet de conducir y los expedientes oficiales, sería una traición.

Olivia se llama en realidad Nicole. Nació en un pueblo estadounidense de la costa oeste en el que nieva durante todo el invierno y se celebran aún fiestas comunales para dar gracias por las cosechas y por las bienaventuranzas. A los treinta años viajó a España con una amiga para pasar las vacaciones de verano. Fue a corridas de toros, comió garbanzos y bailó flamenco. A Guillermo le conoció por causalidad en un bar. Ella y su amiga estaban tratando de hacerse entender en inglés por un camarero haragán que no se esforzaba en comprenderlas. Guillermo las ayudó: vino tinto, calamares, queso agusanado. Se vieron más veces, las llevó a museos, a iglesias y a mercados. Luego la amiga se marchó unos días a Roma para encontrarse con alguien y Nicole se quedó sola. Guillermo la invitó a cenar y le dijo galanterías en español y en inglés, pero ella no se dejó seducir. Se rió a carcajadas, le acompañó hasta su casa, escuchó las canciones que él ponía en su tocadiscos viejo. Se descalzó porque él le suplicó que le dejara acariciarle los pies, estirarle los dedos uno a uno. Luego

13

se desperezó, se puso de nuevo los zapatos. «Tú no deberías llamarte Nicole», le dijo Guillermo, «deberías llamarte Águeda.» «Águeda», repitió ella. «Águeda es un nombre que no conozco.» Se rió de nuevo, se apartó el pelo de los ojos, que estaban ya cerrados por el sueño. «¿Por qué debería llamarme Ágata?», preguntó. «Águeda o Ágata, da igual», dijo en español Guillermo, y luego respondió con dulzura: «Porque eres buena y virtuosa.» Nicole le besó en la frente, en la nariz, y se despidió de él.

Volvieron a verse otra vez, la víspera del día en que ella debía regresar a su país. Nicole estaba ya haciendo la maleta, comprando los regalos que había prometido llevar. Esa noche llegaría su amiga de Roma y a la mañana siguiente se marcharían juntas a América, a la ciudad en la que vivían. Pero su amiga no llegó nunca: el avión en que viajaba se estrelló. No encontraron su cuerpo: hebras de carne, fragmentos del cráneo, uñas quemadas, dientes. Nicole se desmayó en el vestíbulo del hotel cuando le dieron la noticia. Se rajó la lengua al caer, sangró sobre el mármol. Luego llamó a Guillermo y le pidió que fuera a buscarla. Guillermo le dio pastillas, se tumbó a su lado. La abrazó durante diez horas, mientras ella dormía. Vigiló su sueño, sus pesadillas. Por la mañana la despertó y la llevó al aeropuerto para que cogiera el vuelo de regreso a su ciudad, a América. Nicole no lloró. Le besó en la frente, en la nariz, y subió al avión. Pero cuando los motores se pusieron en marcha y las azafatas cerraron las puertas comenzó a gritar y se tiró al suelo. Pensó en las hebras de carne, en las encías desgarradas, en el cabello ardiendo de su amiga. Volvieron a abrir el avión y la dejaron salir. Le dieron pastillas, le pincharon en la vena para que se durmiera. «¿Tiene usted algún familiar, algún amigo que pueda atenderla?», le preguntó el médico del aeropuerto. «Guillermo», dijo ella con los ojos ya extraviados, ciegos, y estiró la mano para darle al médico el bolso en el que tenía la agenda. Avisaron a Guillermo, que la recogió sonámbula y la llevó a su casa. Le dio comida. Le compró pijamas. Le hizo tomar las píldoras y los jarabes que le habían recetado. Solicitó varios días de permiso en el trabajo para cuidarla. Nicole se despertaba en mitad de la noche llorando, gritaba. Guillermo entonces la abrazaba hasta que volvía a dormirse. Al cabo de una semana, ella se levantó de la cama y pasó varias horas viendo la televisión. Cocinó para la cena un plato canadiense que conocía. «Debería volver a mi país», dijo. Sacó un billete de avión y guardó de nuevo todas sus cosas en la maleta. Guillermo la llevó al aeropuerto, la acompañó hasta la zona de tránsito. Se abrazaron sin decir nada. Él regresó al coche. Ella atravesó el control de pasaportes, metió su equipaje en el tubo de seguridad y se sentó en la sala de embarque a esperar. Cuando vio el avión al otro lado del ventanal, sintió miedo. Imaginó los cuerpos quemados, las vísceras reventadas. Pensó en qué aspecto tendrían sus propios huesos sin el recubrimiento de la carne, negros, calcinados. No siguió la fila de los pasajeros que entraban en el *finger*. Llamó desde su teléfono móvil a Guillermo, que aún no había llegado a la ciudad, y le pidió que volviera para buscarla. Se encontraron en el aparcamiento del aeropuerto. Ella le sonrió, movió la cabeza como si aquel retorno fuera una travesura. «No puedo subir al avión», dijo. «No puedo andar por ahí arriba.» «Deberías llamarte Olivia», dijo Guillermo. «Olivia», repitió ella riéndose. «Olivia», dijo otra vez, y le besó en los labios. Al día siguiente llamó a la casera que le arrendaba el piso en su ciudad de la costa oeste norteamericana para rogarle que empacara sus cosas y se las enviase. Recibió dos baúles grandes llenos de ropa, de libros y de discos. Se instaló en casa de Guillermo. Nunca volvió a montar en avión: viajaron a París en tren, a Roma en barco, a Marrakech o a Granada en el coche que conducía Guillermo. Ella solicitó otro pasaporte y gestionó documentos nuevos: dijo que se llamaba Olivia.

A primera hora de la mañana, Eusebio se acerca hasta la mesa de la secretaria de don Román y le explica que quiere ver al jefe para un asunto importante. Margarita, la secretaria, le sonríe con picardía: «¿Qué asunto es ése?», pregunta. Margarita tiene cincuenta años, pero se viste con la misma ropa que las adolescentes modernas: camisetas de licra, faldas cortas muy ceñidas, abrigos de colores eléctricos y brillantes, zapatillas deportivas. Está soltera y no renuncia aún a la compañía de los hombres. Algunos de sus compañeros creen que es una buscona. Sobre ella corren en la oficina habladurías poco bondadosas: se dice que calienta la cama de todo aquel que se lo permite y que si ha llegado tan arriba no es por sus méritos administrativos, sino por las complacencias que le hace a don Román.

Tiene los pechos muy grandes, blancuzcos, y lleva escotes abiertos que los muestran sin remilgos. El mozo del almacén, que acaba de cumplir diecisiete años, se acerca a su mesa varias veces cada día para vérselos. Mendívil, uno de los redactores, asegura que se encierra luego en el cuarto de baño a masturbarse. Se ríen de Margarita. «Vas a enfermar al chico, mujer», le dicen. «Dale medicina alguna vez, porque a esa edad es muy mala la cuaresma.» Margarita se sonroja. Hace gestos de desaprobación por las groserías, pero las escucha con gusto.

«Traigo la dimisión», le dice Eusebio. Ella se endereza en la silla, hace una mueca grave, recia: el deber profesional. Descuelga el teléfono y marca. «Eusebio Barrachina quiere verle para un asunto importante», dice. Asiente varias veces y luego cuelga. «Puedes pasar ahora», le dice a Eusebio con un ademán.

Don Román Menoyo es un hombre mayor y acicalado. Viste siempre de traje y usa corbatas sobrias, de colores fríos y oscuros. Nadie sabe su edad, pero ronda los setenta años. Tiene el pelo completamente blanco y lleva un bigotito fino, antiguo. Su educación es ceremoniosa: trata a todos sus empleados con formalidad y les habla con respeto. Se levanta de su mesa para recibir a Eusebio, le estrecha la mano. «¿Qué asunto tan importante le trae por aquí?», pregunta con una sonrisa cortés. Eusebio no hace prolegómenos: «Me marcho, don Román», dice. «Abandono la redacción.» Don Román se sorprende, abre los ojos mucho, como si estuviera asustado. «¿Está usted descontento por algo?», pregunta afligido, inquieto. «¿Es por razones dinerarias?» Eusebio se queda en silencio durante un instante, piensa en el lenguaje de don Román: razones dinerarias. Le conmueve la ranciedad de las palabras, el olor podrido que tienen algunas expresiones. «No, don Román, no son razones dinerarias», repite él mismo. «Me marcho porque ya no me gusta el trabajo que hago.» Don Román se sofoca, le mira extrañado. Eusebio se da cuenta de que no está acostumbrado a los desaires. Es un hombre de éxito, un empresario admirado al que siempre le han ido bien las cosas. Tiene dinero y renombre. Sus colegas le envidian. Le alaban. Trabajar para él es en realidad un honor al que nadie renuncia. «¿No le gusta el trabajo que hace?», pregunta asombrado.

Eusebio no quiere escarnecerle como ha hecho con sus superiores en otros trabajos. Las entrevistas en las que presenta su dimisión suelen ser para él momentos jubilosos, confortantes: aprovecha para recriminar a sus jefes los abusos, la mediocridad, la cicatería y el despotismo con que se comportan. Les enumera sus agravios, las situaciones en las que humillaron a alguien sin provecho, las ideas profesionales que les usurparon a sus subordinados y la arbitrariedad con que repartieron recompensas o sanciones. Les expone pormenorizadamente los errores que cometieron en la gestión de la empresa. Les recuerda los consejos juiciosos que no quisieron escuchar, las majaderías que proclamaron con énfasis solemne, los modales pedantes o afectados con que alardearon. A Eusebio le gusta examinar atentamente los rostros de quienes le escuchan en esas circunstancias: el estupor, la extrañeza, la cólera. Lleva más de diez años repitiendo esa ceremonia y sabe que los gestos son siempre iguales. Ha llegado a la conclusión de que las personas a las que les habla, por lo tanto, también lo son: arrogantes, empecinados, ambiciosos. El análisis de Eusebio es categórico: para llegar a ocupar una posición profesional relevante es necesario poseer una naturaleza especial. Los gerentes, los caudillos, los directores de empresa, los presidentes de consejos de administración o de gobierno, los patrones y los capataces son siempre orgullosos, egoístas y engreídos. A veces tienen talento o son compasivos, pero su suerte no se decide por esas cualidades. No es la pericia técnica ni la inteligencia ni la intuición. No es el azar. Durante quince años, Eusebio no ha encontrado a ninguno que sea humilde o temeroso, que tenga principios insobornables o escrúpulos de sí mismo. «Los que mandan no son los más listos, sino los más cabrones», dice cuando explica sus teorías. «No son los genios, sino los facinerosos.»

«No me gusta», le dice a don Román. «Me quedo dormido delante del ordenador. Me salen sabañones en la cabeza.» Su trabajo consiste en hacer reseñas cinematográficas. Algunas veces, cuando sus compañeros más veteranos se ausentan por vacaciones o por enfermedad, escribe las críticas de las películas o entrevista a los actores que las protagonizan. Ha conocido a Al Pacino, a Victoria Abril, a Emmanuelle Béart y a muchas otras estrellas del espectáculo. Casi todos los días por la mañana asiste a las proyecciones especiales que las productoras organizan para los periodistas en alguna sala del centro de la ciudad. Luego vuelve a la oficina, se estudia los folletos promocionales de las películas que ha visto y redacta un artículo contando anécdotas del rodaje y explicando algunas claves del argumento. Antes de comenzar a trabajar en la revista sentía pasión por el cine. Veía más de doscientas películas al año. Ahora, en cambio, se aburre. Algunos días se amodorra durante la proyección y da cabezadas en la butaca. También se duerme delante del ordenador mientras escribe sus reportajes. No le interesa nada de lo que le cuentan en las entrevistas Martin Scorsese o Susan Sarandon. La oscuridad de los cines ya no le embelesa. Las historias que ve en la pantalla le disgustan o le aturden.

«No me gusta trabajar», le explica a don Román, que le mira sin saber qué decir, con los labios entreabiertos y llenos de baba. «No me gusta hacer las cosas por obediencia. No me gusta tener ningún deber. Ninguna deuda.» Don Román sonríe con gesto pánfilo. Es, como todos los patronos, empecinado, orgulloso y egoísta, pero la edad le ha amansado. No tiene ya brío para encolerizarse. Domesticar a sus empleados no le produce la misma satisfacción que antes. El ánimo se le ha enfriado. Eusebio cree que todas esas cosas ocurren porque, al sentir la proximidad de la muerte, las vanidades del mundo le parecen menudencias. Don Román es un hombre viejo. Un anciano. Por eso Eusebio no quiere escarnecerle como ha hecho en otros trabajos con sus jefes. No quiere recordarle que le mintió acerca de las características del puesto que iba a ocupar, hermoseándolo con tareas que no le corresponderían. No le dice nada de los consejos editoriales de cada mes

20

en los que don Román, sin demasiadas explicaciones, desprecia o se desentiende del trabajo de los redactores con los que no simpatiza. No menciona los desaires que le hace en público a Mendívil ni los privilegios que le concede a Sonia Álvarez, una becaria mediocre e inculta que fue admitida por imposición suya.

«Desde que trabajo aquí me vienen náuseas en el cine», dice con dramatismo, exagera. «Por eso me marcho, don Román. Para poder volver a disfrutar de las películas que veo.» En el despacho, como en las habitaciones de hotel, hay un frigorífico pequeño con la puerta forrada de madera. Eusebio escucha el zumbido de su motor. Durante unos segundos no se oye nada más, ningún ruido. Don Román está callado, se aprieta los nudillos de la mano.

Guillermo se descalza en el rellano de la escalera y abre la puerta con sigilo. Deja los zapatos y el portafolios en el vestíbulo, sin encender la luz, y camina de puntillas. Entra en el cuarto de baño y hace correr el agua hasta que sale caliente. Cuando la bañera está medio llena mete el codo dentro para medir la temperatura. Pone a quemar incienso, enciende velas. Después, sin cerrar los grifos, va hasta el dormitorio. Olivia está tumbada bocarriba sobre la cama. Tiene prendida la lamparilla, pero duerme. En la alfombra hay un libro caído: las páginas dobladas, el lomo abierto. Guillermo se queda un rato en la puerta mirándola. Respira hondo, se frota los ojos para que no le lloren. Luego se acerca un poco más y se arrodilla junto a la cabecera.

Con la yema de los dedos comienza a desabrocharle el camisón. Le descubre los pechos, los besa con la punta de los labios. Olivia sisea sin abrir los ojos, mueve la cabeza, paladea en sueños. Mientras sigue desabotonando, Guillermo moja con la lengua los pezones oscuros, los ensaliva. La mano la apoya en el vientre grande de Olivia, en la preñez. La palma abierta, los dedos hincados a su alrededor. Ella se despierta, ríe. Tiene los dientes sucios, ha comido chocolate antes de acostarse y se le han quedado los restos negros en las encías. Le tiembla el cuerpo: siente cosquillas, frío. Guillermo ya le ha desabotonado todo el camisón. Está desnuda. Los senos, agrandados, gordos, se le caen a los lados: se avergüenza. Se sacude cuando Guillermo le muerde la piel: la barbilla, el hombro, de nuevo los pezones. No abre aún los ojos. Aprieta la mandíbula para aguantar la risa: tiene un gesto parecido al de la fotografía de la boda que hay en el taquillón de la entrada, una mueca torcida que le acalambra el rostro. Guillermo le pasa un brazo por debajo del cuello y el otro por las corvas de las rodillas y la levanta en vilo. «Se enfría el agua», dice. El camisón de Olivia, abierto, queda colgando, pero poco a poco se le escurre por los brazos, flojos, y se suelta del cuerpo. Revolea hasta el suelo, hasta los pies de Guillermo. Él la besa mientras la lleva hacia el baño: camina a ciegas, golpea en las paredes.

El agua tiene la temperatura exacta, el calor con el que el cuerpo se sosiega y se rinde. Guillermo sumerge a Olivia. Mira cómo se tornasola: la luz encorvada, el brillo de las velas reflejado en el movimiento del líquido. Queda vapor, niebla caliente. Con una esponja enjabonada, Guillermo frota el vientre panzudo en el que está su hijo. El ombligo, a ras del agua, se ha agrandado, relumbra. Olivia se recuesta en el fondo de la bañera, mete la cabeza hasta la nariz. Deja con docilidad que Guillermo la asee: los muslos, los costados, las axilas, los dedos de los pies. La superficie se va llenando de espuma. El incienso se quema: huele a flores extrañas, a aire de campiña. Sólo se oye el vaivén del agua, el goteo del grifo mal cerrado. Con las manos en cuenco, Guillermo aclara la piel de Olivia, quita las pompas que se le han formado sobre la carne, los restos del jabón. Luego le separa las piernas y le acaricia el pubis muy despacio, la vagina, el canal del ano. Con el dedo índice busca el clítoris. Lo aplasta suavemente con la yema, lo frota. Los músculos de Olivia se atiesan. Dobla hacia atrás el cuello y respira a bocanadas. Abre más los muslos para que Guillermo se afane sin estorbos. Siente el tacto de otro dedo, el malabarismo suave de las uñas. Se queda quieta, respirando como si también tuviera la cabeza bajo el agua, pero cuando él apremia el movimiento de la mano, hundiendo su brazo en la bañera hasta el hombro, se zarandea con brutalidad e hinca las nalgas hacia adelante, empuja la cadera buscando algo, aprieta la boca para que los gritos no se escuchen. Una de las velas se apaga. Entre sombras, sin embargo, Guillermo mira el gesto descompuesto de Olivia, sus labios contraídos. Sopla sobre otra vela para que haya oscuridad. Inclinándose, besa a tientas el vientre y hunde un poco la cara en la bañera: no quiere que Olivia se dé cuenta de que está llorando, de que

23

se comporta aún como los párvulos cuando es feliz. «Se me han llenado los ojos de jabón», dice restregándoselos. Ella le sonríe extenuada, resuella. Se tapa el pecho con los brazos como si tuviera vergüenza.

Eusebio tiene treinta y ocho años. Sus cejas, muy anchas, negras, le dan una apariencia tabernaria, pero es un hombre apacible y confiado. Vive solo en una casa del centro de Madrid: un ático grande en cuya terraza hay plantaciones de tomates y hortalizas. Es huérfano: su madre murió de un ictus apopléjico poco después de darle a luz y su padre se estrelló con una motocicleta de carreras cuando él acababa de cumplir dieciséis años. Heredó, de uno y de otro, una fortuna exagerada: acciones de empresas prósperas, fincas rurales, edificios arrendados y cuentas corrientes en tres divisas distintas. No tiene tíos ni parientes de ninguna clase. Un tutor administró su hacienda hasta que fue mayor de edad: don Julián Diermissen, la única persona con la que el padre de Eusebio, de carácter agrio, mantenía cierta confianza. A los dieciocho años, el muchacho tomó el gobierno de sus cuentas. Siguió visitando a don Julián por gratitud: le hizo regalos, pagó algunos de sus gastos médicos. Cuando murió, envió una corona a su funeral.

Aunque despilfarre, Eusebio posee más dinero del que podrá gastar en toda su vida. No tiene por lo tanto deberes ni obligaciones. Gasta todo su tiempo en hacer las cosas que le complacen. Lee libros, asiste a cursos de la universidad: historia de Europa, macroeconomía, metafísica, literatura francesa, arquitectura. Estudia idiomas exóticos: japonés, hebreo, quechua. Viaja a los confines del mundo: Mongolia, Sicilia, Mali, la Patagonia chilena, Escocia. No trabaja por razones dinerarias, sino por diversión. A lo largo de diez años, ha tenido nueve empleos. Todos los abandonó por voluntad propia. El primero de ellos —mecánico en el taller de motocicletas al que acudía su difunto padre— fue el más duradero. Luego trabajó en una consultoría multinacional elaborando informes financieros, en una academia de baile, en un bar nocturno, en un estudio de diseño industrial y en una agencia de viajes. Durante dos meses escribió discursos de campaña electoral a un político de cuya ideología disentía por completo. Posó desnudo para los estudiantes de la facultad de Bellas Artes. Y fue contratado, por fin, para hacer crónica cinematográfica en una de las revistas del empresario cultural Román Menoyo. Todas las tareas las desempeñó con gusto o con curiosidad. Cumple siempre los horarios, se esfuerza en lo que se le encomienda y se comporta con disciplina. Cuando comienza a sentir fastidio por algo o a perder la ilusión, pide una cita con sus jefes y presenta la renuncia. Les habla con sinceridad, les acusa, les enmienda.

Viste ropa informal, camisas anchas, zapatillas deportivas. Se pone siempre gabardina, incluso en los días frescos del verano. Lee cómics. Bebe agua mineral y whisky. Deja una luz prendida en el pasillo por las noches para no tener que andar a tientas si se levanta. Compra flores: margaritas grandes, dalias, jacintos azulados. Lleva barras de regaliz en los bolsillos. Se deja

25

crecer la barba de vez en cuando por pereza. Tiene en el salón de su casa un acuario de peces tropicales con arrecifes y plantas marinas. Le gusta dormir completamente a oscuras.

Ha convivido con una mujer durante seis meses y ha mantenido relaciones amorosas formales con otras dos, pero ninguno de esos noviazgos fue apasionado: no hubo demasiada congoja ni amargura tras la separación. Eusebio es enamoradizo y no tiene dificultades para seducir a las mujeres que le atraen. Se considera a sí mismo un hombre sentimental, pero no le gustan los prolegómenos románticos: prefiere el trato sexual inmediato, la fisiología. Aunque le interesan las mujeres de todas las variedades y raleas, suele elegir para los amoríos a las que tienen entre veinticinco y cuarenta años. La descripción de las amantes con las que se acuesta regularmente permite perfilar un retrato más o menos preciso de su arquetipo: Mónica, treinta y dos años, morena, cuerpo menudo, senos grandes, católica, secretaria de dirección en una empresa de telecomunicaciones; Elena, treinta y cuatro años, pelo muy largo, morena, casada, ama de casa; Ángela, treinta y cuatro años, morena con teñidos de diversas tonalidades, azafata de vuelo, residente en Barcelona, de gustos exquisitos; Patricia, treinta y cinco años, piel muy blanca, peinada con cortes masculinos, miope, bibliotecaria, consumidora habitual de cocaína, aficionada a practicar deporte y gimnasia de mantenimiento, y Gabriela, llamada Gabi, cuarenta y dos años, argentina, cabello ensortijado, con una cicatriz en el vientre, masajista y fisioterapeuta. A Mónica, a Patricia y a Gabi las ve con

26

cierta frecuencia: una vez cada quincena, cada tres semanas. Ángela duerme en su casa los días que está en Madrid haciendo alguna conexión aérea. Elena le visita cuando tiene discusiones conyugales o cuando su marido se marcha varios días de viaje de negocios: luego siente remordimientos por el adulterio y le llama para decirle que nunca más volverán a verse. Eusebio se acuesta además con otras mujeres, a las que conoce en discotecas, en fiestas, en parques o en reuniones de amigos. Pero, a pesar de esa promiscuidad sexual, es un hombre conservador, de moral rancia: sueña con casarse solemnemente y llevar una vida calmada, tener hijos, amar a alguien hasta que la muerte los separe. En cada una de las chicas a las que conquista busca la excelencia, el paradigma, la felicidad. El apaciguamiento.

Después de abandonar las oficinas de la revista en la que ha trabajado durante once meses, Eusebio se dirige a una agencia de viajes y pide folletos sobre Siria, sobre Colombia, sobre Sudáfrica. Lo primero que hace cuando se despide de un trabajo es marcharse de vacaciones a algún lugar lejano. Se gasta todo lo que ha ganado en esos meses, los ahorros de sus sueldos. Va a hoteles de lujo, da propinas espléndidas, compra sin regatear artesanías o souvenirs que no le interesan demasiado. Siente una delicia especial al derrochar ese dinero, una molicie que le estimula: los billetes le parecen en esos momentos sustancias medicinales, bebedizos curativos. En una ocasión, en Moscú, llegó a encender un cigarrillo con uno de mil rublos, como había visto que hacían los gángsters en las películas. Miró la llama con una satisfacción dañina. Luego, mucho tiempo después, tuvo remordimientos.

La mujer se llama Marcia y tiene treinta y cuatro años. El nombre es falso. La edad tal vez también lo sea, pero Guillermo está seguro de que no hay mucha diferencia con la real. Su cuerpo, fibroso, resalta con brutalidad las formas femeninas: unas caderas grandes que se van adelgazando invisiblemente en los muslos, unos senos voluminosos y duros, piedra de ubre. Los pies están bien cuidados –las uñas recortadas a tijera, las cutículas arrancadas, las escamas y los granos sebáceos purgados–, pero son demasiado largos, masculinos: tienen dedos finos, de falanges rectas. No hay en todo el cuerpo ni un solo rastro de vello, salvo en la cabeza: Marcia se depila a conciencia las piernas, los brazos y las hebras del bozo, y se rasura completamente las axilas y el pubis: su vulva está limpia, un tajo en la carne. Es tan guapa que a veces parece irreal: los ojos de un gris muy claro que azulea, los pómulos cortados con suavidad, los labios pulposos y enrojecidos, el pelo azabache, el cuello frágil. Su piel está siempre bronceada, con una tostadura rojiza que la vuelve brillante. En ocasiones, cuando se unta con aceites, parece gelatina oscura.

Marcia tiene una colección de objetos eróticos que ha ido comprando a lo largo de los tres últimos años, desde que conoce a Guillermo. Los guarda en una bolsa de deportes: consoladores y otros utensilios que sirven para penetrar vaginal o analmente, ropa de cuero, lencería obscena, fustas y látigos, presillas metálicas para pinzar los pezones o la piel del escroto, collares de perro, bozales, esposas acolchadas, dilatadores, bombas rectales para enemas, cánulas, bolas chinas y correajes de inmovilización. Guillermo le da a veces dinero para ayudarle en los gastos, pero no se atreve a comprar nada él mismo: debe ser Marcia quien lo elija.

Se ven siempre en casa de Marcia. La frecuencia de sus encuentros es variable: se reúnen más o menos cada dos semanas, pero a veces, cuando Guillermo no puede distraer la vigilancia de Olivia o está ocupado con otros compromisos, pospone la cita. Si, por el contrario, la lubricidad le apura, trata de abreviar los plazos y acude a ver a Marcia sin demoras.

Sabe que en el vestíbulo de la casa debe desnudarse. Deja la ropa en el suelo, desordenada, y espera las instrucciones de Marcia, que antes de nada le coloca en el cuello un collar del que cuelga una cadena. Luego, valiéndose de ella, le obliga a arrodillarse y a apoyar la cabeza sobre el suelo. Separa sus nalgas y lubrica el ano con una pomada fría: introduce en él un consolador negro de forma cónica, casi ovoide, que se queda encajado dentro como un tapón. Guillermo respira con la boca cerrada, tensa los hombros, abre bien las piernas para que el dolor no le abrase demasiado. Cuenta despacio hasta diez. Cuando ella tira de la correa para que se levante, ya sólo siente en las tripas una quemazón suave que, como otras veces, no le desaparecerá hasta el día siguiente. Cierra los ojos y se deja arrastrar por Marcia con docilidad hasta la sala. Se escucha una música repetitiva y tonante que servirá, igual que siempre, para ofuscar sus sensaciones, convirtiéndolas en ruido, y tapar sus gritos de dolor o sus jadeos si se producen. Guillermo está adiestrado: sabe que debe guardar silencio, que no puede gemir como un animal satisfecho ni quejarse o aullar cuando le castigan. Pero en ocasiones, si el golpe de la fusta le atiza sin aviso o le sacude algún nervio lumbar, no puede evitar el sollozo. En esos casos, Marcia le amordaza: le llena la boca con trapos –su propia ropa interior, una media– y se la sella luego con cinta aislante.

La duración de los encuentros depende del capricho de Marcia, de la viveza de su lujuria. Antes de ir, Guillermo le avisa del tiempo máximo de que dispone, de la hora a la que debe recoger a Olivia o regresar al trabajo, pero dentro de esos límites, que siempre son respetados, es ella quien decide. Si está excitada, se entretiene con morosidad: le ata, juega con él, orina sobre su cara, se sienta encima de su boca, venda sus ojos, le pisa el vientre con tacones finos, le humilla. Si por el contrario está saciada o fría, se satisface y le despacha con prisa. En esos días suele anudarle alrededor de los testículos, en el escroto, un cordón de nailon grueso que en el otro extremo está sujeto a un radiador de la calefacción. Le obliga a ponerse a cuatro patas. Ella, desnuda de cintura para abajo, se sienta en una silla colocada a la distancia justa que él puede alcanzar tensando completamente el cordón con el que está amarrado: para poder lamer su vagina, que es la tarea que se le encomienda siempre, debe estirar el cuerpo hasta deformarlo y permitir que el nailon estrangule los testículos y los desgarre. Guillermo siente el dolor, la rozadura de la carne, pero a pesar de eso no afloja los músculos: alarga el cuello para que su boca llegue a los labios de la vagina. Marcia le alienta con órdenes o con ofensas: le llama impotente o cornudo, desprecia sus destrezas eróticas, le exige que su lengua se hunda dentro y no deje de moverse con ferocidad. Luego resopla y grita, solloza mientras dice palabras obscenas, se sacude en la silla con violencia. Guillermo no cesa de lamer hasta que ella se va calmando: las piernas dejan de temblarle, la respiración se le sosiega, cierra los ojos, suaviza los gemidos. Después se levanta de la silla sin decir nada, brusca y displicente, y desanuda el cordón del radiador. Se va al cuarto de baño para asearse mientras Guillermo desenreda el otro extremo, en sus testículos, y se masturba allí mismo con prisa para que cuando ella regrese ya no haya rastros. Se quita los collares, los amuletos y los fetiches y recoge su ropa del suelo del vestíbulo. Se da una ducha, sin jabón ni afeites que puedan ser olidos por Olivia, y se viste en silencio, con la cabeza baja. Marcia no le espera, no le atiende: se tumba en un sillón a leer o se mete en la cocina para preparar la cena. Cuando ha terminado de vestirse, Guillermo la busca y se despide de ella. «Adiós, Marcia», le dice. «Adiós», responde ella ásperamente, sin mirarle.

Eusebio acaba de regresar de Nepal, donde fue a gastarse todo el dinero que había ganado en los meses en los que trabajó haciendo crónicas cinematográficas para la revista de don Román. Se ha levantado temprano, como hace siempre después de un viaje, y ha salido a pasear por el centro de Madrid. Es uno de esos días soleados de invierno. Ha cruzado la Gran Vía y ha bajado despacio por la calle Leganitos parándose delante de los bares y de las tiendas decadentes que hay en las dos aceras: equipos electrónicos antiguos, mascotas, disfraces descoloridos, comidas orientales. Hay ruido, bullicio de ciudad. Un automovilista hace sonar el claxon sin descanso, vocea maldiciones. Una mujer enfadada cachetea a su hijo, que come con mohínes un pastelillo o un bizcocho. En el mostrador de un bar hay un grupo de obreros bebiendo coñac y fumando cigarros de humo viscoso. Desde los balcones sacuden algunas alfombras, riegan macetas que chorrean. Eusebio callejea observando esas banalidades y siente una alegría apática. Se aprieta la bufanda alrededor del cuello, cruza los brazos para abrigarse. Mientras ve las ventanas con visillos y los rótulos comerciales, piensa en las calles de Katmandú, en las plazas llenas de alfarerías de barro secándose al sol, en los zaguanes con animales desollados colgados de un gancho y cubiertos de moscas. Se acuerda de un mostrador de carnicería hecho en el alféizar de una ventana y lleno de ojos de oveja que algunas mujeres compraban para sus guisos. Eusebio siente el aguijón del asco, pero enseguida le viene el hambre: imagina los lomos de la vaca puestos sobre un mármol limpio, las costillas de aguja, la panceta del cerdo, el solomillo con la grasa rebanada, el morcillo. Tuerce entonces por la primera esquina para enfilar el rumbo hacia un mercado, relamiéndose, y se da de bruces con un hombre que sale de un portal precipitadamente. Se disculpa por el atolondramiento y mira con culpabilidad al hombre, que se ha quedado parado en mitad de la acera, agarrotado, estatuario. Está embozado con una bufanda, y los ojos, azules, se le cierran con vergüenza o con consternación. Eusebio ve de repente el perfil del rostro, los rasgos disfrazados: es Guillermo. «Guillermo», dice con extrañeza, con asombro. El hombre se acerca entonces a él, le abraza. «¿Ya volviste de la India?», pregunta. «Nepal», dice Eusebio. «El Himalaya.» «¿Subiste al Everest?», sigue preguntando Guillermo, que habla a través del paño de la bufanda. «Subí en avioneta», le explica Eusebio mientras se aparta un poco para separarse del abrazo. Se quedan callados en la acera, entumecidos. Eusebio resopla para hacer volutas con el vaho del frío. Luego se frota las manos, raspa los nudillos en la ropa. «¿De dónde vienes?», pregunta con impertinencia cuando ya no sabe cómo distraer el silencio. Guillermo tarda en responderle: mira al cielo, a los balcones de la casa de la que acaba de salir. «Podemos tomar un café en algún bar», le dice a Eusebio.

Se sientan en un café de la Gran Vía: una mesa junto al ventanal desde el que se ve la calle. Piden bebidas calientes, remueven los azucarillos en la taza. «Tengo una amante», dice Guillermo sin divagaciones. Eusebio, que es un hombre bien instruido y conoce el respeto que debe mostrarse ante las confidencias de los demás, trata de mostrarse impasible: mira a los ojos sin parpadear, tensa los músculos de la cara para que no se muevan, aprieta la mandíbula, aguarda. Guillermo se queda callado. Su expresión es mansa: siente desahogo,

33

sosiego. A Eusebio, sin embargo, le parece que hay insolencia. Le viene a la cabeza una imagen hogareña de Guillermo que vio hace algunos meses: sus manos troceando verduras en la cocina, moliendo pimienta para el estofado. Sorbe el café con parsimonia para alargar el tiempo. Se fija con disimulo en los dedos de Guillermo, en sus uñas. «¿Una amante?», dice con suavidad. Trata de que en su voz no haya desaprobación ni reproche, pero el labio le retiembla como si estuviera colérico. Se avergüenza de tener pensamientos rancios, de condenar la conducta de Guillermo antes de conocer su sustancia. Él se acuesta sin remordimiento con mujeres casadas y sigue creyendo, como cuando era joven, en el amor libre. No reprueba la promiscuidad ni la depravación y siente simpatía por los libertinos que, con sus excesos, escandalizan a los cardenales. Le gusta la pornografía y ha contratado algunas veces a prostitutas para saciarse. Sus convicciones morales, en fin, son descuidadas, pero el hecho de que Guillermo tenga una amante le perturba o le disgusta.

«Desde hace tres años», dice Guillermo. Luego guarda silencio, se delinea los labios con la yema de los dedos igual que si peinara el pelo de un bigote, y añade con descaro, ruborizándose: «Una mujer que me castiga.» A Eusebio se le hiela el espinazo. Sorbe el café, lo apura. En otras ocasiones ha mantenido conversaciones lascivas con Guillermo, han hablado de obscenidades y de sevicias. Hace muchos años, cuando eran todavía estudiantes, conocieron incluso a una mujer que quería acostarse con los dos y la compartieron: la llevaron a un hotel y fornicaron con ella haciendo turnos. Desde que Guillermo vive con Olivia, sin embargo, esas intimidades le parecen fastidiosas o inconvenientes. Tiene la sensación de que son comadreos de confesionario: pecados, arrepentimientos, penitencias.

Eusebio, aturdido, no pregunta nada, pero Guillermo, sin empacho, le explica la historia desde el principio, como si fuera una de aquellas correrías juveniles que se contaban uno al otro en la universidad. La conoció en un chat de internet hace tres años. Ella se hacía llamar Marcia, un nombre derivado de Marte, el dios de la guerra, que confiere a quien lo ostenta todas las virtudes del combate: el valor, la austeridad, la disciplina. A Guillermo le inspiró curiosidad y la invitó a hablar en privado a través de la cámara del ordenador. Marcia le dijo sin preámbulos que le gustaban los hombres dóciles, los que estaban adiestrados para complacer. Él se excitó con esa declaración y, a pesar de que nunca había tenido trato con una mujer así, se puso a su servicio obedientemente. Ella le ordenó que se desnudara, le obligó a arrodillarse y le explicó con minuciosidad cuáles eran sus reglas: sometimiento sin condiciones, castigos físicos, humillación. Guillermo le aclaró entonces que estaba casado y que nada de lo que hiciera podría dejar rastros que le inculparan. Marcia fue comprensiva: si la satisfacía en todos sus deseos no tendría nada que temer, no quedarían marcas ni vestigios de sus extravíos.

Aquella noche, la primera vez que hablaron en el chat, Guillermo estaba asustado. El sadomasoquismo era, según su juicio, un trastorno mental, una corrupción de los sentidos: sólo disfrutaban de ese modo los

35

degenerados. Pero mientras escribía arrodillado y cumplía sin discutir las instrucciones que Marcia le iba dando, tuvo una erección prodigiosa: de semental ansioso, de bestia en celo. Se acostó con fiebre, mareado por la embriaguez, y al día siguiente, afanoso, la buscó en el chat para hablar de nuevo con ella. Se vieron seis veces a través del ordenador, y en esas seis conversaciones él aprendió los rudimentos del ritual: la ceremonia del desnudamiento, los disfraces, las ataduras, los gestos de sumisión, el provecho del dolor, la degradación, la servidumbre sexual a la que se comprometía. Luego, por fin, cuando las enseñanzas estuvieron terminadas, apalabraron una cita en la casa de ella. Guillermo, que desde que la había conocido se sentía culpable de algún pecado y dudaba de su propio raciocinio, estuvo desovillando ideas durante varios días y decidió por fin no acudir, pues creía que si lo hacía acabaría convirtiéndose en un enfermo: imaginaba sensaciones mórbidas, intemperancias, descarríos.

El día de la cita, sin embargo, se atavió como Marcia le había ordenado: con prendas viejas que no tuvieran botonadura y sin ropa interior. Fue al trabajo, comió con unos compañeros en una taberna cercana a la oficina, acabó luego unos informes que debía entregar y a media tarde se montó en el coche con la voluntad de regresar a casa sin entretenimientos, pero condujo hacia el barrio de Marcia, en el centro de Madrid, y aparcó cerca del edificio. Se quedó dentro del coche durante un rato, escuchando música y cavilando sus tribulaciones. ¿Se transformaría en un monstruo, en un avechucho grotesco, en un bufón de feria? ¿Se quedaría su albedrío a voluntad de los instintos, de los atavismos? ¿Abandonaría a Olivia para entregarse a desenfrenos y a pulsiones escabrosas? ¿Se le llenaría el espíritu de sarna, de verdín, de herrumbre? Como hacía siempre que debía resolver un laberinto, pensó en la muerte: si el mayor daño que puede ocurrir está ya dictado y es irremediable, el resto de las calamidades se vuelven insignificantes. A la hora en punto salió del coche y caminó hacia el portal de Marcia. Tocó el timbre con susto y subió las escaleras aterrorizado. Ella le estaba esperando en el rellano. Le hizo entrar y le ordenó que se desnudara. Luego le esposó las muñecas y le puso alrededor del cuello una carlanca metálica.

Guillermo experimentó ese día un placer refinado y extraño: boqueó sin aliento, se le amartillaron los músculos. No perdió el sentido, pero se quedó sin conciencia. La carne se le congestionó: brasa, helor, amoratamiento. Cuando Marcia acabó de satisfacerse con él y le abandonó en el dormitorio, a los pies de la cama, para que se masturbara, Guillermo, con la vista turbia, comprobó que las emociones del espíritu tienen a veces manifestaciones fisiológicas: eyaculó de cuajo, impetuoso, y el cuerpo se le dobló serpenteando como si lo atravesara electricidad o fuego. Quedó caído sobre el suelo de madera: el rostro manchado del semen desaguado, la respiración ronca, los ojos idos. Se duchó para quitarse las impurezas de la escaramuza y salió a la calle aletargado, macilento. Tuvo que coger un taxi para regresar a casa, pues la vista le centelleaba y tenía vértigo. Al llegar le dijo a Olivia que había tenido un desvanecimiento y se acostó. Esa noche se le ulceraron los labios.

Tardó en volver a ver a Marcia más de un mes. Cada vez que pensaba en ella y en los gestos que había hecho para domarle durante la tarde que estuvo en su casa, se le sacudía el corazón como si fuera a reventarse y comenzaba a sudar: respiraba con dificultad, la visión se le entenebrecía. Un día, al fin, se atrevió a llamarla. Balbuceando en el teléfono, ahogado por el sofoco, le suplicó que volviera a recibirle en su casa y que terminara de adiestrarle. Ella le advirtió que debería someterse a un castigo especial para purificarse: un escarmiento por su abandono, una mortificación. Guillermo aceptó y acudió a la cita. Marcia le ató los brazos a los barrotes del radiador, le vendó los ojos y le cubrió luego los testículos con cera caliente derramada de una vela. Guillermo gritó despavorido. Marcia, para enmudecerle, le llenó la boca con sus calcetines sucios y le dejó después abandonado durante mucho rato. Guillermo, que no sabía si ella seguía en la casa o se había marchado, sintió pánico: atiesó los brazos tratando de desatarse, golpeó con el cuerpo la madera del suelo, templó la garganta con gritos que no se oían. Al cabo de unos minutos, extenuado, se fue apaciguando: la espalda se le ablandó, los muslos se aflojaron, la cabeza quedó apoyada en el hierro del radiador, quieta. En la venda que le cubría los ojos se le fueron secando las lágrimas. Trató de dormirse para no pensar en nada, para no sentir miedo, pero no pudo: tinieblas, vergüenza, vértigo. Había empezado a pensar en la muerte cuando oyó de repente a su lado la respiración de alguien y notó enseguida en su boca, vaciada ya de mordazas, el contacto de la vagina de Marcia, su humedad salada, sus surcos de carne hinchada. Lamió obedientemente hasta que ella se zarandeó aullando, complacida, y se apartó de él. Guillermo escuchó el ruido de la ducha, el alboroto de puertas y de armarios. Después, Marcia le desató. Él, que estaba excitado, se llevó una mano a los genitales para acariciarse, pero Marcia se la apartó violentamente con el pie y le ordenó que se vistiera. Le acompañó hasta el vestíbulo, donde había dejado la ropa, y le vigiló mientras se la ponía. «Si tardas otra vez en llamarme, el castigo será más duro», le dijo antes de abrir la puerta. «Hazlo antes de una semana.» Guillermo salió de la casa desbocado y buscó un rincón oscuro de la escalera para masturbarse. Sollozó de felicidad mientras eyaculaba y se quedó un rato arrodillado en el rellano, exhausto, con la bragueta abierta y el pene seco.

Desde aquel día no dejó ya nunca de llamar a Marcia. Al principio se veían dos veces por semana, pero a medida que fue pasando el tiempo espaciaron los encuentros. Ella no tenía su número de teléfono ni conocía su dirección. Cuando él llamaba, con puntualidad, fijaban una cita fríamente: no había cortesía ni entretenimiento en sus conversaciones. Guillermo acudía con diligencia, se desnudaba en el vestíbulo y se sometía a los caprichos sexuales de Marcia, que algunos días apenas gastaba tiempo con él y otros se demoraba con crueldades y fantasías. En uno de esos encuentros, hechos siempre a deshora, fugaces, Marcia abrió el balcón de la sala en la que estaban: ella vestida sólo con un liguero y unas medias negras, él arrastrado en el suelo lamiendo la suela de sus zapatos. A partir de ese día, el balcón estaba abierto casi siempre, fuera invierno o verano. Guillermo pensó que se trataba de una providencia higiénica: los olores de las palpaciones anales, la condensación del sudor, el sahumerio de velas o de aceites. Pero un día, mientras Marcia le azotaba con un cinturón, vio con claridad en un balcón del edificio de enfrente, asomado entre los visillos, a un hombre maduro contemplándolos. Era pelirrojo, tenía barba y su rostro recordaba las máscaras de los sátiros mitológicos: impúdico, con la boca entreabierta, enrojecido. Mientras recibía los correazos en las nalgas, Guillermo le observó con curiosidad: la penumbra de la habitación y los balaustres le impedían distinguir con nitidez el interior de la casa y los movimientos de las manos del hombre, oscuras. Luego, cuando Marcia le hizo cambiar de postura, siguió sintiendo que alguien le vigilaba, que los ojos de un extraño eran testigos de cada una de sus humillaciones. Desde esa tarde, cuando el balcón estaba abierto Guillermo se esforzaba más en contentar a Marcia: besaba su cuerpo con más desvelo, soportaba los castigos con mayor entereza.

Eusebio escucha sin interrumpirle ni una sola vez. Siente disgusto, repugnancia, escándalo, pero persevera en el propósito de disimular sus pensamientos. Cuando mira por el ventanal se esfuerza en mostrar que no está distraído, sino ensimismado en lo que escucha: abre los ojos sin parpadear hasta que le lagrimean, asiente con la cabeza suavemente, mueve los labios. Aunque él no ha hablado, tiene la boca reseca, áspera: quiere pedirle al camarero otro café, pero no se atreve a interrumpir a Guillermo, que hila el recuerdo de sus depravaciones con solemnidad. Cuando por fin calla, resoplando, Eusebio hace dibujos en la mesa con el polvo de azúcar que se ha derramado y mira de nuevo por el ventanal: transeúntes apresurados, turistas, pordioseros. «¿Y Olivia?», pregunta. Guillermo no se inmuta: aparta con los dedos el aire, se recuesta en la silla. «Olivia es la mujer a la que amo», dice con vanagloria. «La mujer con la que voy a tener un hijo. La mujer con la que quiero compartir el resto de mi vida.» A Eusebio se le enronquece la voz, la afina con gorjeos como si fuera un cantante que va a salir al escenario. Levanta la mano para llamar al camarero y en ese instante de alivio, de desatención, hace un comentario impertinente: «El resto de tu vida menos los días que pases con Marcia.» Guillermo no se descompone tampoco ahora, no se siente agraviado. Observa a Eusebio con apacibilidad: «El resto de mi vida», repite en voz muy baja. «También los días que pase con Marcia los pasaré con ella. Quizás en el futuro haya también otras mujeres. Y habrá sueños que no le cuente, secretos, traiciones. Pero nada de eso será importante.» Hace una pausa, se acaricia las mejillas mal afeitadas. «El resto de mi vida», repite de nuevo.

El camarero se acerca a tomar nota de sus nuevas consumiciones y regresa poco después con ellas: un café, un zumo de naranja, una botella de agua. Eusebio y Guillermo esperan callados a que se vaya y luego, para que el silencio dure, se ocupan en servir de las botellas, remover en la taza y beber. Después de un rato, Guillermo, que no parece tener pesadumbre, da explicaciones, se excusa: «Marcia no sabe nada de mí, no

41

puede encontrarme. Ni siquiera sabe mi nombre: cree que me llamo Segismundo. No existe ningún nudo, ninguna ligadura. Nuestras citas son sólo cruces de caminos.» Segismundo: a Eusebio le hace gracia la ironía que hay en usar el nombre verdadero como seudónimo. Le irrita, sin embargo, la alegría de Guillermo, su desempacho. «Caminos que van serpenteando y se cruzan una vez tras otra, como si fueran espirales o hélices», dice. Guillermo se ríe de la burla, del escarnio: tiene los dientes sucios del café, restos oscuros. «¿Nunca te ha castigado una mujer?», pregunta con desvergüenza. Eusebio enrojece: «Todas», responde reconfortado. «Todas las mujeres me castigan.» Los dos se ríen a carcajadas, atizan la mesa con las palmas de las manos. Una señora que desayuna cerca de ellos les mira con desagrado. Muerde su cruasán, lo descuartiza.

Eusebio está husmeando en una página web de ofertas de empleo. Aún no siente demasiadas ganas de trabajar, pues sólo han pasado cuatro meses desde que abandonó la revista de don Román, pero tiene costumbre de olfatear de vez en cuando los anuncios laborales para ver si descubre algo cautivador. En una ocasión encontró un reclamo de una familia aristocrática que solicitaba pintores de pincel fino para incorporarse al servicio doméstico y ocuparse de retratar a los miembros –humanos o animales– de la casa: los abuelos, los padres, los hijos, las doncellas, el jardinero, el chófer, los cocineros, los perros, los alazanes. Eusebio envió su currículum, mistificado, y copia de algunos de los retratos en acuarela que había hecho cuando estudió pintura en una academia, poco después de haber trabajado como modelo en la facultad de Bellas Artes. Al cabo de unos días le telefonearon para citarle. El cabeza de familia le recibió en su mansión y le hizo algunas preguntas sobre cuestiones artísticas: ¿prefería las obras de Fantin-Latour o las de Pierre Bonnard?, ¿qué opinión le merecían los autorretratos de Rembrandt?, ¿consideraba que los dibujos de Leonardo habían influido en los de Picasso? Eusebio respondió a todas las cuestiones con afectación porque supuso que de ese modo tendría más probabilidades de conseguir el empleo, a la vista del boato del que la familia presumía, pero no le volvieron a llamar. Algunos meses más tarde encontró en un periódico un anuncio en el que se pedían candidatos para trabajar con un detective privado especializado en adulterios: el empleado se ocuparía de intentar seducir a las mujeres sobre las que hubiera sospechas de infidelidad. Eusebio telefoneó para postularse, pero cuando lo hizo el puesto ya había sido cubierto. Optó también sin éxito a otros empleos extravagantes: perito criminal, animador de karaoke, profesor de coctelería, chófer de limusinas o conferenciante vicario, encargado de leer con voz entonada las disertaciones escritas por sabios y por expertos que por miedo, por impericia o por indisposición no se atrevían a leer ellos mismos.

Ese día no encuentra nada interesante: comerciales, administrativos, mecánicos, dependientes, pinches de cocina, ingenieros. En uno de los anuncios solicitan señoritas de compañía de cuerpo atlético y temperamento riguroso para atender en una casa de disciplina.

Eusebio piensa en Marcia: firmeza, severidad. Cierra la página de empleos, pero antes de apagar el ordenador trata de recordar esas otras páginas pornográficas o libertinas de las que habló Guillermo. Su memoria es imprecisa: teclea varias veces la dirección cibernética, pero en todos los casos yerra. Al fin, cuando está a punto de desistir, se ilumina una pantalla en la que un hombre y una mujer de mediana edad se besan melifluamente ante una puesta de sol anaranjada. Eusebio contempla la imagen sorprendido: no recuerda haber visto desde hace mucho tiempo un rótulo promocional tan almidonado. Ojea la pantalla y sus reclamos: una sección de consejos sentimentales, otra de contactos personales divididos en varios apartados, algunos enlaces a páginas web y finalmente un botón luminoso, situado en el centro del sol poniente, que conecta el chat. Eusebio abre primero los consejos sentimentales, que en realidad son recomendaciones eróticas: la higiene genital, la profilaxis, las posturas del coito. La sección de contactos personales es parecida a la de ofertas de empleo: requisitos, descripción de las tareas, recompensas. Eusebio se entretiene leyendo los que le llaman la atención. «Hombre impetuoso de mediana edad busca mujeres viciosas, a ser posible casadas. Me gusta hacer el amor al aire libre y participar en orgías.» Otro individuo, que incluye junto al texto de su anuncio una fotografía de sí mismo en ropa interior, dice: «Necesito eyacular dos veces cada día, pero me aburre hacerlo con la misma mujer. Busco señoras o señoritas de cualquier edad que puedan ayudarme a cumplir estas exigencias de la naturaleza.» Las mujeres son más sobrias en sus exposiciones: «Para caballeros románticos y ardientes que sepan tratar a una dama como merece. Abstenerse casados y extranjeros.» Otra escribe: «Mujer insatisfecha desea conocer a hombres maduros que sean educados y pacientes.» Eusebio lee aquellos que tienen las fotos más atrevidas: vergas en erección, vaginas abiertas, felaciones. Luego, cuando se cansa, vuelve atrás y sin demasiada premeditación pincha el botón del chat, en el centro del sol crepuscular. Le aparece una interfaz que le pide un sobrenombre. Eusebio piensa en algún apelativo travieso —Fogoso, Acróbata, Redomado, Saladino—, pero al final elige uno de tinte sombrío y enigmático: Mefistófeles. Entra en la sala del chat y ve en una columna, a la derecha de la pantalla, la lista de los participantes. Cuenta los nombres: treinta y seis personas. Lee los apodos con que están disfrazadas: Sanador, Cleopatra, PrincesaSucia, Titanio, Emmanuelle, Rosacruz, Tenorio, Andy, Lamesuelas, Testicular, Gallardo, Largalengua, Torreón, Matahari, Aramis. En la relación sólo hay tres nombres corrientes: Mercedes, Fernando y Florentino. Al lado de muchos de ellos, como apéndice, aparece un número cardinal: Eusebio supone que es la edad del individuo. Rosacruz tiene treinta y seis años, Torreón veintinueve, Testicular veintisiete, PrincesaSucia cuarenta. Durante un rato, Eusebio atiende con curiosidad la conversación sin sustancia que se mantiene en la sala general del chat: procacidades, interjecciones, llamamientos. Pero de repente aparece en el centro de la pantalla un cuadro de diálogo privado que resuena musicalmente durante un instante. Eusebio lee en él las primeras palabras de

45

Cleopatra: «¿Eres diabólico?» No hay nadie en la casa, pero Eusebio se sobresalta y mira a su espalda, inspecciona el cuarto. Con la mano insegura, apoya el puntero del ratón en el aspa de cierre del diálogo, pero no pulsa. Al cabo de unos segundos escribe en el teclado: «Soy peor aún.» Cleopatra no tarda en continuar: «Yo vendo mi alma.» A Eusebio le tiembla el pulso, siente el mismo sofoco que ante una mujer real. «No compro almas», escribe. «Sólo cuerpos.» Cleopatra responde sin pausa: «El cuerpo lo regalo.» Las letras relumbran. Eusebio las mira, fragmentadas, y luego mueve rápidamente el ratón para pulsar el aspa que cierra el chat, apaga todo. Se queda en la habitación muy quieto. Respira a bocanadas, suda. La pantalla del ordenador tiene aún un resplandor negro. Eusebio siente vergüenza por su excitación y hace la cuenta del tiempo que ha pasado desde que se acostó con una mujer. Sobre la mesa, al lado del ordenador, está la agenda de teléfonos. La abre y busca el número de teléfono de Patricia.

El hijo de Guillermo y Olivia mide cincuenta y cinco centímetros y se llama Erasmo, que significa "encantador, afable". Desde que nació, Guillermo tiene la sensación de ser incorpóreo, de no tener materialidad ni deberes con la naturaleza: no siente el tacto de los objetos que toca, no se apoya en el suelo para caminar, no nota el hambre a las horas en que debe comer. Incluso el sueño le parece innecesario, y si duerme, a deshoras, sin desvestirse, es porque le obliga Olivia, quien dice, malhumorada, que al niño hay que darle ejemplo desde el primer instante. Los únicos signos fisiológicos que tiene Guillermo ahora son los escalofríos: cuando mira a Erasmo en la cuna o lo levanta en vilo, siente dentro de la carne la heladura de la piel de un pez, y los brazos le tiemblan tanto que enseguida tumba de nuevo al niño para que no se le escurra.

Cuando habla a los demás de sus sentimientos maternales, Olivia dice que tiene felicidad o júbilo. Guillermo, sin embargo, no cree que lo que a él le ocurre se parezca: sintió felicidad o júbilo cuando Maleni, su primera novia, se dejó besar, o cuando a los diecisiete años bajó del tren que le había llevado a París, o el día en que abandonó la casa de sus padres para mudarse a un apartamento alquilado, o al terminar de leer *Los hermanos Karamázov*, o cuando escuchó por el teléfono la voz de Olivia pidiéndole desde el aeropuerto que regresara a buscarla porque no iba a marcharse nunca más de allí. Sintió felicidad o júbilo al ver el vientre grande de Olivia, al tocarlo. Lo que siente ahora es diferente y no sabe nombrarlo. «Es una clase de enfermedad mental», les dice a quienes le preguntan. «Una pócima estupefaciente, una narcosis refinada», añade, y sigue devanando ideas para afinar la definición: «Una lobotomía, un ictus, una gangrena en la cabeza. Un éxtasis místico, una enajenación como la que se tiene al eyacular después de mucho tiempo, una emoción astral.» Olivia le hace callar cuando empieza con esas retahílas y pide disculpas a quienes le escuchan por sus extravíos. «¿Cómo crees que va a crecer el bebé si se siente responsable de todas esas cosas? ¿Qué angustia sentirá si se entera de que su padre lo considera una eyaculación o una toxicomanía?» Guillermo no se arrepiente: «Una hipnosis farmacológica, una concepción metafísica.»

Cuando está a solas con Erasmo, le lee libros de historia y de filosofía. Si los fetos son capaces de apreciar dentro del útero la música de Schubert o de Mozart, como dicen los ginecólogos que ocurre, los bebés ya nacidos deben de obtener sin duda algún provecho de Aristóteles, Descartes o Heródoto. Guillermo está convencido de que aunque ahora Erasmo no comprenda las aporías o las categorías ontológicas, cuando sea mayor mostrará una capacidad intelectual superior gracias a esas lecturas y podrá descifrar sin entorpecimiento las verdades de la ciencia y del pensamiento. La noche anterior, de madrugada, le leyó las vidas paralelas de Alejandro y Julio César hasta que se quedó dormido, y esa misma mañana, antes de irse al trabajo, mientras Olivia estaba en la ducha, le ha leído un capítulo de la *Ética a Nicómaco*. Lo hace siempre a escondidas de Olivia, mientras ella duerme o trastea en la cocina, pues sabe que si se enterase se burlaría de su superstición pedagógica: brujería, cábala, nigromancia. Olivia, sin embargo, se despierta algunas noches y le oye susurrar: teorías políticas, leyendas, relatos bélicos. Se queda escuchando sosegada y se adormece otra vez, igual que Erasmo, que cierra los puños y escucha el ronroneo como si atendiera.

Guillermo regresa a casa cada día más temprano para arrullar a Erasmo y seguir leyéndole a Aristóteles o a Shakespeare. Como ahora es incorpóreo y no tiene deberes fisiológicos, ve el mundo con otras dimensiones: medidas, leyes, tonalidades de color. Los objetos, invisibles, no tienen gravedad: se sostienen en el aire, se transparentan. En un costado de la carretera hay un árbol con la corteza azul y la copa amarilla. Más adelante ve otro malva, desmigajado. Las casas están alzadas sobre el campo, sobrevuelan: verdes, anaranjadas, negras. Guillermo las va contando. Mira el asfalto a través del parabrisas, pero no lo ve: un suelo traslúcido y vidrioso, un pavimento sin guías sobre el que el coche avanza. Tampoco ve el camión que viene hacia él de frente: se estrella contra su carrocería sin sentir dolor, impávido. Poco a poco siente cómo el cuerpo se le descose: se acuerda de que a veces le gustaba coger agua entre los dedos y dejar que se escurriera. En sus manos hay sangre: añil, cerúlea.

Eusebio cuenta el número de personas alineadas alrededor de la sepultura: cuarenta y seis. Están separadas en grupos: la familia, que se reúne en torno a la madre de Guillermo, los amigos, desperdigados, y los compañeros de trabajo. Olivia está al pie de la hoya: llora a bocajarro. Hay un cura que pronuncia un responso mientras los braceros esperan para descolgar el ataúd en la tumba. A Eusebio le parece una estampa vieja, añosa: a los muertos ya no se les entierra ni se les dicen oraciones fuera de las iglesias. Guillermo no creía en Dios ni en sus pompas, pero los rezos se hacen siempre para contentar a los que viven: Eusebio ve que la madre, con los ojos idos, mueve los labios repitiendo las plegarias y aprieta entre los dedos un rosario.

Eusebio no llora, pero lleva puestas las gafas negras para poder observar a los asistentes con disimulo. Todos van vestidos con ropa oscura y sobria, salvo un muchacho joven que lleva pantalones hippies floreados, zapatillas de deporte y una bufanda colorida con la que se emboza. Tiene el rostro serio, afilado por la pena. Detrás de él, una mujer solloza sin aspavientos: se cubre el rostro con un pañuelo. En uno de los costados de la fosa hay tres hombres de mediana edad, que llevan trajes azules y corbatas negras: parecen guardaespaldas o rufianes. Cuando el sacerdote acaba su plegaria, Olivia se acerca al ataúd y pone sobre él la fotografía de boda en la que están desnudos. Luego, al retroceder de nuevo, se le quiebra una pierna y cae al suelo: se queda arrodillada durante unos segundos mientras los que la rodean acuden a socorrerla. Los braceros empujan el ataúd y lo sostienen con las sogas en el vacío: poco a poco desciende sobre el ataúd carcomido del padre de Guillermo, que murió nueve años antes. La madre, con un quejido que no tiene aliento, arroja un puñado de tierra y repite lastimeramente su nombre: «Segismundo. Segismundo. Segismundo.» Los amigos que acompañan el cortejo la miran aturdidos, creyendo que se ha vuelto loca. Después, con piedad, van formando una fila ceremonial para dar las condolencias a la madre desconsolada del difunto y a la viuda, que se sostiene en pie sin equilibrio. Eusebio observa al muchacho de la ropa colorista, que aguarda su turno respetuosamente y habla a las dos mujeres con gesto emocionado. Los braceros echan paletadas en la tumba y, aunque los deudos se han apartado de allí para el besamanos, se oye tronante el ruido de la tierra en la madera. Eusebio siente frío y se levanta el cuello del abrigo. Da dos pasos hacia atrás y camina entre las tumbas de alrededor. Se acuerda de los cementerios que le gusta visitar en las ciudades: en París, en Buenos Aires, en Venecia. Se acuerda también de los cuerpos quemados en la orilla del Ganges: el olor a carne descompuesta, a vísceras podridas. Desde lejos mira a Olivia, que abraza a todos los que pasan frente a ella. Luego se va de allí sin despedirse: a zancadas, temblando por el frío.

Al salir del Wat Arun, Eusebio camina por las calles de Bangkok ensimismado en pensamientos: el fracaso, la enfermedad, el misticismo. Mira a los hombres que esperan en las calles como vagabundos, sentados en las aceras o merodeando en las puertas de los comercios: el recelo, la barbarie, la vergüenza. Da monedas a quien se las pide para calmarse a sí mismo. Se detiene delante de un quiosco de artesanía y discute en inglés con el dueño, que le pone sobre la cabeza un sombrero y le prende en la nariz una vela para que aprecie su aroma. Quiere comprar un collar de piedras verdes para Patricia y regatea el precio. El hombre, gesticulando, se encoleriza con su oferta, pero al fin, después de varias porfías, la acepta. Envuelve la bisutería en un trozo de papel y se la da mientras vuelve a acercarle a la nariz la vela: vainilla, miel, incienso.

Eusebio camina por Bangkok tratando de imaginar cómo es la calavera de Guillermo: qué forma tiene el cráneo de alguien a quien siempre vio con vida. Es una inquisición metafísica, una duda poética: ¿existe la belleza en los huesos?, ¿puede distinguirse algún gesto en los restos descarnados de una cabeza? Abraham Lincoln dijo que después de los cuarenta años cada hombre es responsable de su cara, de la expresión de su rostro: ¿quedan rastros de eso en su calavera muerta? Guillermo acababa de cumplir cuarenta años: la curvatura de sus pómulos, el dibujo de sus cejas, la anchura de su frente y el trazo de sus ojos serían ya, por lo tanto, responsabilidad suya. Eusebio trata de recordar mientras observa a dos hombres que, alzando los palillos con movimientos secos, comen fideos en mitad de la calle. Le parecen violinistas: adustos, metódicos, embebecidos.

En una plaza pequeña que hay cerca de su hotel ve de repente a una mujer hermosísima. Está en la penumbra de un portal: una casa desastrada y sucia, con el yeso de la fachada descuajado. Se detiene para mirarla, excitado, y se acerca luego hasta allí con disimulo. Cuando está cerca del portal, la mujer da un paso hacia la calle y su cara queda iluminada por el sol: es una niña maquillada con colores de mujer, una criatura de pocos años con los labios pintados de rojo y los ojos acicalados. Eusebio se asusta por el desvarío, pero se queda allí contemplándola durante unos segundos. Antes de que se aparte, un hombre sale del portal y se acerca a él sin titubeos. «La chica es buena», le dice en inglés. «La chica es muy servicial con los hombres.» Le agarra de un brazo y tira de él para llevarle a la casa. Eusebio, sofocado, se resiste, pero el hombre no le suelta: «La chica es poco dinero», dice con complicidad, y hace un gesto amistoso: «Usted y yo arreglamos.» Eusebio le ve los dientes mellados, las caries, la nariz partida. Siente miedo y mira hacia los lados para pedir ayuda, pero entonces el hombre le suelta y le muestra las palmas de sus manos de frente, abiertas: es un ademán apaciguador. «No problema», dice. «Usted libre, usted buscar otra mujer.» Eusebio le mira aún con desconfianza: labios tiesos, dedos extendidos. Se estira la manga de la camisa y comprueba que tiene en los bolsillos aún la billetera, el teléfono móvil y la cámara de fotos. El hombre se aparta un poco de su camino, pero no se marcha: le señala con una mueca a la niña, que está en el umbral muy quieta. «La chica es poco dinero», repite. «La chica es muy servicial con los hombres. Y con usted más, porque usted es buen caballero.» Eusebio, paralizado, la mira fijamente: cree que siente lástima por ella, pero al cabo de unos instantes se da cuenta de que siente sobre todo lascivia. «¿Cuántos años tiene?», pregunta sin dejar de mirarla. El hombre, entonces, se acerca de nuevo a él y le guía con una mano en la espalda hasta el portal. «Mucha edad», dice sonriendo. «Veinte años, pero chica parece más joven.» Eusebio, al lado ya de la niña, examina su cara llena de afeites: trece años, quizá menos. Huele a perfume azucarado, a limón. «Veinte años, veinte dólares», dice el hombre inclinándose hacia adelante para susurrarle: «Un dólar por cada año.» Eusebio no le atiende. Siente una especie de fiebre: la cara le quema, las orejas se le ulceran. «¿Cuántos años tienes, niña?», le pregunta ahora a ella: le toca el mentón con la yema del dedo, le levanta el rostro para que le mire. «Quince dólares», dice el hombre. «Quince dólares y puede hacer con ella lo que los hombres hacen.» Eusebio nota que ha tenido una erección al acariciar a la niña e imagina su vulva lampiña, su carne dulce, sus pezones minúsculos, casi lisos. Se seca el sudor de los ojos con la manga de la chaqueta, respira hondo para enfriar el pulso. El hombre está junto a ellos, le susurra al oído: «Quince dólares, amigo. Quince dólares todo el amor que usted necesita.» Eusebio no tiene tiempo para dudar: siente asco de sus instintos, pero sabe que si se va con la niña para calmarlos nadie se enterará nunca. Piensa en las teorías humanitarias que ha leído en los periódicos: las niñas que tienen más clientes son las que mejor trato reciben, las que más comen, las que pueden dormir en camas blandas y asearse con jabones. Las niñas disfrutan fornicando porque saben que gracias a eso podrán llevar vestidos bonitos y pulseras, que llenarán las escudillas de arroz y de carne, que les pintarán las uñas de los pies con esmaltes de muchos colores. Las que no encuentran hombres que paguen por ellas, en cambio, viven con las ratas y tienen la piel pegada a los huesos, los fémures rectos como si fueran varas clavadas en la tierra. Eusebio quiere acostarse con la niña por piedad, no por lujuria. «Diez dólares», dice el hombre con resolución. «Diez dólares, pero si usted trae amigos más tarde, ellos quince dólares.» La niña mira a Eusebio sin tristeza ni susto: en sus ojos sólo hay vergüenza. «Eres muy guapa», dice Eusebio en castellano. El hombre se acerca a la niña con impaciencia y le abre el shari para que Eusebio pueda verla desnuda fugazmente: pechos sin relieve, vientre flaco, caderas estrechas. Eusebio vuelve a secarse los ojos. Se aturde, los colores de lo que ve se le emborronan y durante un instante cree que va a desmayarse. Se apoya en el quicio del portón y busca en los bolsillos un pañuelo. Encuentra, en la chaqueta, el envoltorio del collar de piedras verdes que acaba de comprar. Se lo da a la niña, que antes de cogerlo mira al hombre para que lo consienta. Eusebio lo deja caer en su mano y luego acopia fuerzas para marcharse. Al caminar se da cuenta de que aún tiene una erección.

Olivia se seca los ojos para poder seguir leyendo, pues a veces aún llora cuando se acuerda de Guillermo: «*No se debe suponer democracia, como hoy día suelen hacer algunos, simplemente donde tiene la autoridad la masa (pues también en las oligarquías y en todas partes el partido más numeroso es el que ejerce la autoridad), ni oligarquía donde unos pocos tienen el control del régimen.*» Hace una pausa para comprobar si Erasmo se ha dormido, pero el bebé tiene los ojos abiertos y rumia el chupete con fuerza. «*Pues si hubiera en total mil trescientas personas y de ellas mil ricos y no dieran participación en el poder a los trescientos pobres, a pesar de ser libres e iguales en los demás aspectos, nadie diría que éstos se gobiernan democráticamente.*» Erasmo mueve las piernas rollizas en el aire, agitado, y bracea con los puños cerrados. Se le suelta un patuco del pie. «¿No te gusta Aristóteles?», le pregunta Olivia mientras vuelve a calzarle. «¿Quieres que leamos mejor a Ovidio?» Le tapa con la colcha y se seca otra vez los ojos antes de levantarse a por el nuevo libro.

Eusebio llama a Patricia para decirle que ya ha vuelto de Tailandia y que le gustaría verla. Ella le promete que se pasará por su casa al día siguiente: llevará una botella de vino y se quedará a dormir. Cuando cuelga, Eusebio echa comida a los peces del acuario y se sienta a contemplarlos: los arrecifes se han llenado de verdín y una de las plantas ha comenzado a pudrirse. Los peces boquean en la superficie para engullir los copos de plancton, que poco a poco se van deshaciendo en el agua. Eusebio se adormece mirando el paisaje de agua, pero al cabo de unos minutos, cuando la luz del sol se afila a través del ventanal, se despereza para cumplir el ritual de pasear por Madrid en su regreso. La maleta, abierta en mitad del salón, está sin deshacer. Junto a ella hay dos paquetes con regalos impersonales que compró en el aeropuerto para agasajar a sus mujeres: perfumes, bisuterías, licores orientales. Se promete a sí mismo colocarlo todo al volver a casa y hacer un montón con la ropa sucia para que la asistenta se ocupe de ella.

En la acera de la calle San Bernardo, Eusebio se detiene para recrearse con el sol caliente que le da en la cara: no es primavera aún, pero esa luz de invierno le aviva y le cura los presagios. Con los ojos cerrados, mientras la gente pasa a su lado apresuradamente, trata de pensar en el esqueleto de Guillermo, que tendrá ahora la ropa suelta, demasiado holgada. Eusebio cree que si a los cadáveres los enterraran desnudos no parecerían al cabo del tiempo tan ridículos: el cuello de la camisa abrochado sobre una vértebra cervical, la cintura del pantalón sobre el hueso ilíaco, los zapatos enganchados en el astrágalo. Él ha escrito en un cuaderno que su cuerpo y toda su ropa deberán ser quemados cuando muera, pero tal vez no baste con esa provisión privada y escondida, y se necesite una resolución divulgada entre sus conocidos, un notario. Aunque no cree que vaya a morirse pronto, tiene que ser precavido con esos asuntos: Guillermo le contó un día la chirigota de que él no haría testamento hasta que hubiera reunido al menos la centésima parte de los bienes que tenía planeado acumular a lo largo de su vida. Y luego, sin providencia, se estrelló contra un camión.

Eusebio camina siempre por las aceras soleadas y se sienta a veces en los bancos de la calle: no tiene prisa, no hay obligaciones que deba cumplir. Su necesidad más apremiante es curar los remordimientos y recobrar enseguida el ánimo. Desde hace varios días intenta olvidar la imagen de la niña desnuda de Bangkok y el deseo atávico que sintió hacia ella: al llegar al hotel se masturbó sin desvestirse, aguijado por la naturaleza como si fuera una bestia. Luego se tumbó en la cama, con las manos sucias, y estuvo llorando hasta que se quedó dormido. ¿Está emponzoñado? ¿Es uno de esos enfermos que sólo gozan con perversiones y sevicias? Ahora sueña con niñas virginales poseídas por animales mitológicos: centauros, minotauros, unicornios alados. Son pesadillas ardorosas de las que, sin embargo, obtiene placer: se despierta siempre excitado, con la verga hincada en el vientre y los labios viscosos por la saliva. Desde aquel día guarda castidad: no quiere que su placer quede unido a la depravación. Cuando va por la calle, sin embargo, no puede dejar de mirar a las niñas que se cruzan en su camino. Lo hizo en sus últimos días en Tailandia: como un viejo rijoso, comenzó a buscar a chiquillas impúberes y a examinarlas con la mirada obscenamente, tratando de averiguar si sentía deseo hacia ellas, si quería acariciarlas o penetrar su vagina pequeña para calmar el ansia. Salió del hotel cada día con dinero suficiente para pagar los servicios de la niña cortesana más lujosa de Bangkok, pero no logró encontrar a ninguna que lo mereciese. Sólo tenía memoria para la muchacha del shari: pechos sin relieve, vientre flaco, cuello quebradizo. Eusebio cree que su incontinencia con aquella muchacha fue sólo un delirio, una liviandad pasajera, pero tiene miedo de que se trate en realidad de un sentimiento. Por eso hurga en su conciencia, se acecha: mira a las niñas en el avión, en el aeropuerto, en las calles de Madrid, busca en ellas una señal que le fortalezca. Eusebio sabe que los vicios a los que uno tiene miedo se van fijando en el pensamiento y acaban siendo reales. Quiere estar con Patricia, morderla en los pezones y montarla luego con brutalidad: quiere saber en qué piensa mientras lo hace para purificar sus dudas.

La luz del sol es blanca. Eusebio callejea a tumbos: sigue a un hombre que pasea a su perro, se detiene frente a un escaparate de ropa de novia, lee las portadas de los periódicos en un quiosco de prensa y se queda durante un rato escuchando a un músico que toca a la guitarra canciones románticas. Va de calle a calle embebido en los laberintos de sus ideas y se extravía: mira las casas que tiene alrededor y no sabe dónde está. Hay un pequeño restaurante con paredes azulejadas, una ferretería vieja en cuyo escaparate se exponen bisagras y ganzúas, un portón antiguo de caballerizas. Serpentea por aceras estrechas, remonta cuestas, y de repente, cuando ya se dispone a preguntar a algún transeúnte para que le encamine el rumbo, se encuentra con un portal deslucido que le guía: recuerda a Guillermo saliendo de él, embozado por el frío, apresurado. Tiene un estremecimiento, un nervio que le acalambra el cuello. Levanta los ojos para mirar el edificio, la cornisa tosca, los balcones despintados, las yeserías rotas. Aquel día fue el último en que vio a Guillermo. Luego no quiso llamarle, y cuando él le telefoneó para anunciarle que Erasmo había nacido, le habló con desapego y le prometió en vano que pronto iría a visitarles para conocer al bebé. Pero nunca llegó a hacerlo. No estaba enfadado con él ni tenía nada que reprocharle, pero había hecho un juicio que ahora le avergonzaba: disipación, impudicia, frivolidad. Culpaba a Guillermo de la amargura de Olivia, de la deslealtad con la que había cumplido sus promesas, de la humillación que ella sentiría. Olivia, sin embargo, le lee a Erasmo los pasajes de la obra de Séneca y de Hesíodo sin deshonra: no conoce los agravios de Guillermo, sus traiciones, su inconstancia. Eusebio no piensa ahora en Olivia, sino en esa mujer que se llamaba Marcia: mira los balcones del edificio y trata de averiguar cuál es el suyo. Ella no sabrá aún que Guillermo ha muerto. Estará esperando su llamada, como otras veces. Tendrá tal vez el deseo de amarrarle, de azotar sus ancas con correas y mortificarle el cuerpo. Habrá planeado expiaciones y penitencias para castigar su desaparición, pero cuando el tiempo pase sin que Guillermo vuelva, cuando transcurran tres meses o un año, ella, la mujer que se hace llamar Marcia, comenzará a admitir que nunca le tendrá de nuevo a su merced, que no podrá escarmentarle por la culpa de haberse marchado de su lado. Aunque no sepa nada de Guillermo, tal vez trate de buscarle de algún modo para desquitarse. Seguirá algún rastro casi invisible: una palabra dicha por él descuidadamente, el nombre de un restaurante, la descripción del barrio en el que vive, la matrícula del coche vista un día desde el balcón. Marcia se preguntará de vez en cuando, desconcertada, qué ocurrió para que él dejara de llamarla. ¿Se cansó de sus maltratos, de sufrir siempre los mismos abusos? ¿Encontró a otra mujer que le domara mejor? ¿O fue descubierto por su esposa y, arrepentido, juró enmendarse y abandonar todas las depravaciones? Eusebio cree que una relación como la que Guillermo tenía con la mujer Marcia crea un vínculo o un afecto: aunque ninguno de los dos supiera el nombre real del otro ni hubieran hablado nunca de sus ilusiones, de sus afanes o de sus desengaños, había entre ellos un lazo de sedal, una atadura imaginaria. Tres años de citas secretas, de complicidad. Marcia habrá echado de menos a Guillermo igual que a un amante perdido o a un novio infiel. Se habrá mirado al espejo buscando la fealdad o la vejez, habrá llorado alguna noche al sentirse sola, al recordar –agrandada ahora por la invención– la ternura que había en la docilidad de Guillermo. Eusebio mira las ventanas y se conmueve: tiene lástima de ella. Y mientras camina luego hacia su casa se pregunta con curiosidad si de los latigazos que da una mujer quedan también rastros en los huesos.

Cuando Patricia abre los ojos, Eusebio está en el borde de la cama sosteniendo una bandeja con el desayuno: café, zumo de naranja, frutas peladas, bollos con azúcar, fiambres y pan troceado. Le mira sin abrir del todo los ojos, haraganeando en la cama para desperezarse. «¿Quieres casarte conmigo?», pregunta. Él coloca la bandeja sobre la cama y la besa en el cuello mientras aparta la sábana de su cuerpo. «Estaba esperando que me lo pidieras», dice. Ella se mira la mano abierta. «¿No tienes un anillo?» Eusebio le acaricia los muslos, le muerde los pezones. «De diamantes», asegura. «Me conformaré con eso», responde ella incorporándose para alcanzar el café, que humea. Eusebio, sentado en el suelo junto a la cama, no deja de jugar con su cuerpo desnudo: le lame los pies, le come fruta de las manos, ovilla con los dedos el pubis. Patricia tiene la piel transparente: en su vientre se pueden ver las venas azules. Los poetas dicen que eso es un signo de hermosura, pero Eusebio no tiene la certeza: prefiere la oscuridad, pues esos indicios le hacen pensar en las arterias que hay dentro de la carne, en las vísceras, en las membranas, en los tendones. A veces siente asco al acariciar una piel traslúcida: imagina los excrementos, las pepsinas, los jugos gástricos. «Eso es el verdadero amor», le dijo en una ocasión Mónica, que tiene la piel aún más blanca que Patricia. «Los que miran a los ojos

61

de una mujer y ven su alma no siempre están enamorados. Los que ven su mierda y sus fermentos, en cambio, sí.» Eusebio piensa en los huesos: ¿cómo es el esqueleto de Patricia, cómo es su cráneo? Ella sorbe el café y luego se levanta para ir a hacer ejercicios gimnásticos junto a la ventana: flexiona los brazos, dobla el abdomen, abre en aspa las piernas, arquea la espalda hacia atrás y se pone cabeza abajo en equilibrio, apoyando ligeramente la cadera en el alféizar. Eusebio está seguro de que desde la calle alguien puede verle las nalgas, pero no se inquieta: se acerca a descorrer completamente los visillos y se ríe. Patricia está contando: «Uno, dos, tres, cuatro, cinco, seis.» La voz le sale ahogada, la respiración sofocada por el esfuerzo anaeróbico: «Veintiocho, veintinueve, treinta, treinta y uno, treinta y dos.» Eusebio mira por la ventana: no hay nadie, transeúntes distraídos, coches, perros a la carrera. Luego se acerca a Patricia y la sujeta por las pantorrillas para que al morderla entre las piernas no se le venza el cuerpo. Ella aúlla y, como los niños que están aprendiendo las tablas matemáticas, se enmaraña con las cifras: «Cuarenta y siete, cincuenta, setenta, cien.»

Estirando mucho uno de los brazos, Erasmo alcanza el borde de la mesa y se levanta, pero antes de sostenerse en pie se cae hacia atrás. No llora: gatea de nuevo hacia la mesa y sujeta con la punta de los dedos el filo para alzarse. Al tercer intento consigue mantenerse de pie durante unos instantes: trata de coger el teléfono móvil de Eusebio y el vaso de cerveza que Olivia acaba de llenarle. «Ha crecido mucho», dice Eusebio mientras aparta todo de su alcance. Olivia sonríe con languidez y repite desganadamente las palabras convencionales: «Los niños crecen muy deprisa.» Eusebio asiente: bebe la cerveza y le hace carantoñas amaneradas y bobas a Erasmo. Luego se revuelve en el asiento, incómodo, y observa con discreción la casa, las paredes de la habitación, los muebles: todo está igual que él lo recuerda, salvo algunos desperfectos y pinturas murales que parecen obra de Erasmo.

«¿Guillermo tenía una amante, Eusebio?», pregunta de repente Olivia. Eusebio se sobresalta. Alarga los brazos y coge a Erasmo, le revolea por encima de la cabeza. El niño ríe y patea. «¿Por qué preguntas eso?», dice al cabo de unos instantes sin dejar de jugar con Erasmo: cuchufletas, lanzamientos al aire, cosquillas en la panza. «Él te quería más que a nada en el mundo, Olivia», añade. «No me llames Olivia: me llamo Nicole», dice Olivia con severidad. Eusebio, sorprendido por esa metamorfosis repentina, deja a Erasmo en el aire durante un momento, suspendido sobre su cabeza: el niño gorjea, suelta babas, araña. «¿Tenía una amante?», insiste Olivia. Eusebio siente indignación, pero finge extrañeza para disimular. «Yo no conocía toda la vida de Guillermo», afirma sosegado, intentando pronunciar con convicción. «Desde que se casó contigo no nos veíamos demasiado.» Olivia hace una mueca insolente, un mohín de los labios en el que hay desagrado. Eusebio se apresura a continuar para calmar su queja: «No creo que tuviera ninguna amante, no creo que viera a ninguna mujer. Cuando estábamos juntos no

63

miraba a nadie, sólo hablaba de ti.» Hace una pausa y acomoda a Erasmo en sus rodillas, lo cabalga a brincos: el niño ríe. «¿Por qué piensas eso ahora? ¿Por qué crees que te engañaba?» En los ojos de Olivia hay un escozor, unas estrías: siente orgullo pero necesita confesar con alguien su vergüenza. Niega con la cabeza como si quisiera templar la gravedad de sus cavilaciones, pero antes de terminar de hacerlo comienza a llorar sin ruido. Eusebio no sabe cómo comportarse: esa intimidad le perturba. Erasmo le ha agarrado una de las solapas de la camisa y tira de ella retorciéndola. «Encontré un papel con el número de teléfono de una mujer», dice Olivia entre hipos de llanto. «Eso no significa nada», asegura Eusebio con calma. «Tener tratos con una mujer no es adulterio. Yo tengo tu número de teléfono apuntado y nunca hemos sido amantes», añade, y se ruboriza enseguida por el ejemplo, que no es virtuoso. Olivia asiente sin mirarle mientras se seca las lágrimas: mueve los labios para reír, hace una mueca de burla de sí misma. «Marcia», dice al cabo de unos segundos. «La mujer se llamaba Marcia y el papel estaba escondido.» Eusebio no tiene habilidades de actor, no sabe representar un papel ni mentir, pero al escuchar el nombre de Marcia comienza a reír sin premeditación, gozoso: Erasmo se asusta de las carcajadas, respinga. «Marcia era mi novia», dice con seguridad. «Estuve a punto de casarme con ella en octubre, pero nos peleamos por una nadería y dejamos de vernos. Fui yo quien le pidió a Guillermo que la llamase para arreglar la paz.» A Olivia se le seca el aliento de repente, se le ciega la respiración: mira a Eusebio con la boca muy abierta,

64

con los mocos del llanto colgando del labio. Eusebio le sostiene la mirada con aplomo. Las manos le tiemblan y para afianzarlas levanta en vilo a Erasmo, que ha comenzado a bufar como un gato. «No sabía que hubieras estado a punto de casarte», bisbisea Olivia. En su rostro, que un segundo antes estaba contraído, ahora hay alivio y remordimiento. Eusebio no sabe si lo que Olivia lamenta es haberle guiado a él hasta esos recuerdos dolorosos o haber dudado de la lealtad de Guillermo: los recelos más ignominiosos son los que se sienten hacia los muertos. Eusebio piensa en sus actores preferidos: Paul Newman hablándole a Elizabeth Taylor, Marlon Brandon junto a Vivien Leight. Bebe de la cerveza para buscar el ánimo y fisgonea en su cabeza buscando alguna situación de su propia vida que sea semejante a esa que está interpretando. «Todo salió mal», dice por fin con pesadumbre. «Guillermo habló con ella pero no pudo hacer nada.» Olivia está desolada: se seca las lágrimas a manotazos y va a sentarse al lado de Eusebio para confortarle. Erasmo, al verla cerca, se echa en sus brazos con suspiros. «Siento haberte traído malos recuerdos», dice ella. «No te preocupes», responde Eusebio imitando una sonrisa de despreocupación masculina, de indiferencia viril: Paul Newman, Marlon Brando, Robert de Niro.

Cuando un hombre joven, de rasgos aindiados, sale del portal, Eusebio, que lleva esperando allí varios minutos, se cuela dentro con confianza y prende la luz: es estrecho y oscuro. En las paredes tiene manchas de pintura y peladuras de yeso. Las mamposterías del techo están resquebrajadas. Al fondo, después de una puerta cancela, están los buzones: de chapa vieja y abollada, descompuestos. Eusebio lleva un rimero de folletos publicitarios que le ha comprado a un inmigrante repartidor en la calle: cursos de adiestramiento profesional, contabilidad, informática, gestión comercial. Se inclina sobre los casilleros y busca su orden. Hay nueve viviendas: un piso bajo y cuatro plantas con dos viviendas cada una, la mano derecha y la mano izquierda. Todos los buzones, salvo uno, tienen el rótulo con el nombre de los residentes: etiquetas de cartón manuscritas, placas grabadas. Eusebio los lee con orden. En cinco de ellos aparecen varias personas: matrimonios, grupos de amigos. En el tercero izquierda vive un hombre solo: Ramón Sánchez Balbuena. La casa de Marcia, por lo tanto, sólo puede ser una de las tres restantes: el bajo, que no tiene letrero, el segundo derecha y el cuarto izquierda. Eusebio apunta los nombres en un cuadernillo: Isabel Gimeno y Julia Riaño Domínguez. Guillermo conocía sin duda el nombre verdadero de Marcia, pues lo habría mirado en una de sus primeras visitas, pero el día en que le contó la historia no lo mencionó. Con unas pinzas articuladas y largas que trae para ese propósito, Eusebio intenta sacar alguna carta de los buzones elegidos, pero no encuentra nada. La escalera está en silencio, sólo se oye la música de alguna radio, el repiqueteo de canciones. Eusebio, sin abandonar la postura de repartidor de propaganda por si acaso es sorprendido, reflexiona: Marcia dejaba algunas veces el balcón abierto para que el vecino del otro lado de la calle pudiera ver sus reuniones sexuales, según le había dicho Guillermo, pero si viviera en el piso segundo no sería sólo un vecino quien pudiese verlas, sino al menos dos, pues desde el piso tercero del edificio de enfrente había ángulo suficiente para avistarlo todo. Ese cálculo geométrico, sin embargo, no certifica nada: los libertinajes de Marcia podían ser tan excesivos como se quisiera imaginar, y, aunque Guillermo sólo hubiese visto a un hombre espiándoles, existía la probabilidad de que hubiera habido más en otros balcones. El piso bajo, en todo caso, sí quedaba descartado por esa causa. Eusebio está satisfecho: las posibilidades, que eran ocho, se reducen ahora a dos. Mira el reloj y, con determinación, enfila la escalera: son las doce y media de la mañana, de modo que Marcia, según la lógica, no estará en casa: una mujer independiente, que vive sola, se encontrará a esa hora en la oficina, y, aunque cabe la posibilidad de que sea rica y desocupada, como él, o de que la hayan despedido de su empleo, o de que, más extrañamente, trabaje en turnos inusuales, Eusebio prefiere hacer la pesquisa para acopiar toda la información relevante. Los peldaños son de madera pulida, mordidos en el centro por el desgaste, arqueados. Al llegar ante el segundo derecha, siente un hormigueo de felicidad: en el centro de la puerta, sobre la mirilla, hay atornillada una gran insignia con la imagen del corazón sangrante de Jesús. Tal vez el cinismo de Marcia llegue hasta ese extremo escenográfico: ropajes de santos para vestir a putas. Pero Eusebio se inclina a no creer en tanta sofisticación. Acerca el oído a la puerta y luego llama: el timbre resuena melodioso. Hay mudez, silen-

67

cio, pero al cabo de unos segundos comienza a escucharse un crujido de pasos y Eusebio siente júbilo. «¿Quién es?», pregunta una voz ajada mientras descorre la abertura de la mirilla y asoma el ojo por ella. «¿Doña Isabel Gimeno?», dice Eusebio: conquistador, gentil. La mujer descorre entonces el pasador de la puerta y asoma la cabeza con cautela a través de una rendija. Eusebio se regocija, goza: el rostro de una anciana. «Quiero ofrecerle la posibilidad de hacer unos cursos para ampliar sus capacidades profesionales», dice mientras le alarga por la rendija uno de los folletos publicitarios que lleva. La vieja enseña sus dientes: porcelana amarillenta, colmillos de cerámica afilados. «¿Qué voy a aprender yo a mi edad, joven?», pregunta ceñuda, enrabiada. Eusebio le recita deleitándose: «Contabilidad, informática, administración de empresas, animación sociocultural.» Antes de terminar la retahíla, escucha el portazo. Se queda mirando complacido el corazón sangrante de Jesús. Luego sube de nuevo por la escalera curvada hasta el cuarto izquierda. Aún tiene nervios: duda. En la puerta no hay placas ni corazones sangrantes. A través de un tragaluz abierto en el tejado entra claridad. Eusebio toca el timbre y espera: no se oye nada. Después de unos instantes vuelve a tocar: eco, silencio. Lo hace dos veces más. Cuando está seguro de que nadie va a abrirle, baja despacio la escalera y repite entre dientes el nombre: Julia Riaño Domínguez.

A Eusebio le regaló su padre la primera cámara fotográfica cuando cumplió diez años. Aún la conserva en una caja de cartón en la que atesora las reliquias de su vida: relojes antiguos, pasaportes caducados, un espejo con forma de unicornio, una baraja de mago trucada y una medallita de la Virgen del Rosario que perteneció a su madre. Era una Leica automática con doble lente que, sin esfuerzo ni pericia, permitía captar imágenes fascinantes. Todas las fotografías que Eusebio guarda de su adolescencia fueron tomadas con esa máquina: retratos de su padre, paisajes del verano, estampas costumbristas que le gustaba capturar en la calle. Luego, cuando creció, se compró una cámara más sofisticada, con objetivos desmontables y exposiciones múltiples. A los diecinueve años viajó a Nueva York para recibir lecciones de Annie Leibovitz: de aquellos días conserva un álbum lleno de fotografías de rascacielos, de rincones de Manhattan y de personajes pintorescos paseando por la ciudad. Después de aquello ha comprado más cámaras y accesorios técnicos, ha hecho reportajes de sus viajes, ha fotografiado todos los acontecimientos importantes de su vida y ha seguido indagando en las destrezas artísticas y en los secretos profesionales de la disciplina. En primavera le gusta salir a la terraza de su casa y fotografiar cada día las hortalizas de la plantación que tiene allí en semilleros: ver cómo van alargándose y cambiando de coloración los calabacines y los pimientos, cómo se engordan los tomates. Esa experiencia doméstica fue decisiva para que le dieran el empleo en los grandes almacenes: fotografía alimentos, frutas, botellas de aceite, latas de conserva, carnes despiezadas, fiambres, papillas infantiles, tarros de cacao, harinas. Cuando ilumina el objeto y pulsa el disparador trata de apresar su espíritu, de convertir la materia muerta en sustancia: bodegones delicados, ásperos, nervudos. No quiere que haya ruido en el estudio: apaga la música y los motores y manda callar a Violeta, la chica que le trae los productos y le ayuda a colocarlos en la escena. Se comporta como un sacerdote oficiando misa, como un brujo que confía en sortilegios y en alquimias.

Eusebio pulsa el timbre del portero automático de la casa de Marcia y espera. Son las ocho de la tarde y en las ventanas hay luz. Al cabo de unos segundos, se escucha por el interfono una voz metálica. «¿Julia Riaño?», pregunta Eusebio. «Sí, soy yo, ¿qué desea?», dice la voz de robot. Eusebio acerca su boca a la rejilla: «Quiero hablar con usted un momento.» No le parece adecuado explicarle a través del aparato que Guillermo ha muerto, que el hombre al que ella meaba en la cara o azotaba con un látigo es ahora polvo y huesos. Hay un silencio largo, pero luego suena el interruptor y la puerta se abre. Eusebio sube la escalera deprisa para no hacerla esperar. En el rellano del tercer piso se detiene. Apoyado contra el barandal recobra el aliento y se acicala: se aplasta el pelo, se alisa la chaqueta. Mira por el hueco hacia abajo y piensa una última vez si tiene sentido haber ido hasta allí para decirle a una mujer a la que no conoce que el hombre al que estuvo viendo en secreto durante tres años ha muerto: ¿por qué siente piedad por ella, por qué se compadece de sus congojas? Pone un pie en los escalones que descienden, pero se ríe de su propio gesto: nunca abandona a medias las tareas filantrópicas. Sabe, además, que si hace esto no es por Marcia, sino por Guillermo: para que su esqueleto deje de revolverse en la tumba y de resonar como un cascabel fúnebre. Su tía Maribel decía siempre que nadie descansa en paz hasta que todas las personas que lo conocieron tienen la certeza de que ha muerto. Mientras una sola de ellas crea que aún vive, el difunto penará.

Sujetándose con fuerza al pasamanos, Eusebio sube los dos últimos tramos de la escalera y se para frente a la puerta de la mano izquierda. Aunque tiene la certeza de que Marcia está espiándole por la mirilla, tarda unos segundos en pulsar el timbre. Aguarda serio, taciturno, ensayando ya los ademanes de gravedad que habrá de aparentar mientras explica la tragedia. Pero cuando se abre la puerta y ve a Marcia en el umbral, se le seca la respiración y se le quiebran los músculos. Desde que comenzó su adolescencia ha estado preguntándose qué es el amor: ¿un sentimiento, un engaño, una enfermedad? Ahora, al contemplar a aquella mujer ante sí, se da cuenta de que nunca lo supo. La caverna de Platón: todo lo que ha visto en su vida antes de ese momento son sombras, figuras de humo, tinieblas desvaídas. Ella le mira y espera: sonríe con cortesía. Con la mano derecha sujeta el filo de la puerta. Su cuerpo atravesado ciega el paso. Su cuerpo: dos líneas cruzadas en aspa, unos senos marcados por la cruz de la blusa, unos muslos labrados en curvas. Eusebio la mira a los ojos y siente ganas de besarla. El amor: un sentimiento, un engaño, una infección.

71

«¿Qué desea?», pregunta de nuevo ella. Eusebio tartamudea, tiembla como hacía en el colegio cuando se acercaba a una chica para conquistarla. «¿Julia Riaño?», pregunta de nuevo. Marcia asiente con fastidio, hastiada de ese preámbulo. Levanta las cejas desafiante. «Quiero ofrecerle la posibilidad de hacer unos cursos para ampliar sus capacidades profesionales», dice por fin Eusebio. La cabeza le bulle: los pensamientos son como hogueras dentro de ella. «Contabilidad, informática, administración de empresas.» Se imagina a sí mismo arrodillado frente a Marcia, desnudo, con el cuello atado a una cadena. «No me interesa volver a estudiar», dice ella con cordialidad. «Ya tengo suficiente capacidad profesional.» Empuja la puerta para cerrarla, pero antes de que lo haga Eusebio se adelanta, como un intruso, y pone sus dedos en el quicio, sofocado. Marcia le observa durante un instante con susto, pero al ver que él se detiene allí, en el borde mismo de la puerta, no grita ni hace nada. Se queda mirándole extrañada: ojos quietos, templados, apacibles. En su rostro hay un gesto manso: deleite o alegría. Eusebio se da cuenta y le sonríe. «¿A qué se dedica?», pregunta sin discreción. Ella no se ofende por la curiosidad, por la impertinencia. Aprieta los labios con coquetería: «Contabilidad, informática, administración de empresas», dice silabeando. Eusebio ríe la burla y aprovecha esos segundos de mudanza para examinar la oreja de Marcia, el lóbulo sin pendiente, el cartílago curvado. A Eusebio le gusta morder la oreja de las mujeres, metérsela por completo dentro de la boca y recorrer sus fosas con la punta de la lengua: siente deseos de acercarse a Marcia, apartarle el pelo hacia la nuca y comenzar a lamerle los surcos del oído, pero sabe que no puede hacerlo sin recibir antes una orden. «Quizá quiera entonces ser profesora de nuestros cursos», dice Eusebio para seguir la bufonada. Ella se ríe. «Quizá», dice. Y empuja la puerta para cerrarla: se aparta, desaparece.

Eusebio no duerme. A las tres y media de la mañana se levanta y pasea por la casa: hojea un libro, hace una fotografía nocturna de un pepino, come unos bombones. A las cinco se toma un somnífero y vuelve a meterse en la cama, pero no consigue que le venga el sueño. Piensa obcecadamente en Marcia: su oreja desnuda, sus senos, su sonrisa insegura, encaprichada. No está enamorado de ella. Enciende la luz de la mesilla de noche y lo dice en voz alta: «No estoy enamorado de ella. Nadie se enamora en el rellano de una escalera.»
Si él hubiera estado casado con Olivia, la habría abandonado por Marcia. No sólo a causa de la belleza, que es un coeficiente inestable, sino del misterio: lo invisible detrás de lo que puede verse, el rasgo inaprensible, el jeroglífico. El amor es un sacramento, cree Eusebio mientras se sienta en la cama. Hace fotografías a la habitación: los libros amontonados en la mesilla de noche, la ropa revuelta en un escabel que usa para desvestirse, las sábanas arrugadas. Al día siguiente tendrá que fotografiar botes de aceitunas y de mermeladas, coliflores y zumos, pero los verá descoloridos por el insomnio: frambuesa parda, melocotón ceniciento,

73

zanahoria gris. Vuelve a tumbarse y piensa en Marcia. Recuerda su sonrisa borrosa, su oreja sin pendiente. A una mujer así es imposible confesarle con voz serena que el hombre al que maltrataba para disfrutar con él murió en un accidente: sería una forma de humillarla, de arrancarle de golpe las vestiduras que la esconden. Eusebio cree que ella, arrogante, endiosada, huiría. No va a decirle nada. Los huesos de Guillermo pueden seguir agitándose durante toda la eternidad: Eusebio no va a interceder por ellos. Lentamente se levanta de la cama y abre un poco la persiana: hay una mancha de claridad, un tizne en el cielo. Va al salón de la casa, aparta algún mueble para agrandar el espacio y poco a poco va montando el trípode y la cámara con su objetivo. De los ventanales entra una luz sucia que lo emborrona todo: objetos en los que la oscuridad y la refulgencia están unidas. Eusebio se desnuda completamente y se pone delante de la cámara. La señal luminosa del disparador automático parpadea varias veces antes de que suene el obturador. Después la cámara sigue disparando sin cesar. Eusebio permanece inmóvil: tiene medio cuerpo negro y el otro medio relumbrante.

En el ramo que ha comprado hay rosas, petunias, tulipanes, lirios y gardenias. Es un ramo extravagante, pero Eusebio está seguro de que a Marcia le gustará. La espera desde hace unos minutos en el portal de la casa: detrás de las flores, apenas puede ver nada, pero se da cuenta de que los peatones que pasan por allí se quedan mirando con curiosidad al ramo estrafalario: colores incongruentes, pétalos inconciliables.

Marcia tarda en comprender que ese hombre excéntrico que está en el portal de su casa con un ramo de flores gigantesco y desmembrado la espera a ella. Le esquiva para abrir la puerta, pero él no se aparta: alarga la maraña de petunias y gardenias hacia ella y asoma por un extremo de la floresta su cabeza para hablarle. «Soy Eusebio», dice. Sabe que ése es el instante decisivo, el gesto categórico: en la expresión de Marcia podrá leer todo su porvenir entero. La mira entre los tallos y los filamentos, ve sus labios partidos por la hojarasca, sus ojos cubiertos por pámpanos. Durante unos segundos tiene tiritones, pero entonces ella se ríe y coge el ramo con sus manos. Eusebio se repite a sí mismo que no está enamorado de ella. «No es amor», piensa: sentimiento, engaño, enfermedad, trastorno. Ve sus dientes, su lengua oscura. Marcia se acerca a él para abrazarle, pero la espesura de las flores no le permite hacerlo. Él siente un letargo doloroso, un mareo que se parece a la muerte. Levanta las manos para tocarla. Le acaricia los lóbulos, las sienes. Ella entonces le golpea con el ramo.

«Me enamoré de ti en cuanto te vi en la puerta», dice Marcia con un poco de chifla. Eusebio está ebrio, pero apura la copa de champán para que el camarero, que aguarda junto a la mesa con las manos en la espalda, se la llene de nuevo. «Nadie se enamora en el rellano de una escalera», dice después de beber. «Yo sí», dice ella. «Yo suelo enamorarme en sitios pintorescos: en un aeropuerto, en un funeral, en un quirófano.» Eusebio entrecierra los ojos, se adormece. Hay un olor a canela, a madera húmeda. «¿En un quirófano?», pregunta con sorpresa. «Del anestesista que me atendía», dice Marcia. «Lo vi sólo durante un instante y me enamoré apasionadamente. Antes de que tuviera tiempo de decirle nada perdí la conciencia. La operación duró una hora y la convalecencia dos días, pero en cuanto estuve recuperada me puse a buscarle hasta dar con él.» Eusebio se frota las yemas de los dedos para notar la realidad y para desperezar el cuerpo: amodorramiento, descompostura, vértigo. Le gusta la voz suave de Marcia, su compás discontinuo. Y le gusta, sobre todo, la pureza de las cosas que dice, la precisión de cada palabra. Cuenta historias que, aunque no sean ciertas, lo parecen. «¿Te casaste con él?», pregunta Eusebio haciendo un esfuerzo para pronunciar con claridad: tiene la copa de nuevo llena, bebe. «Ya estaba casado», dice Marcia con tono grave. «Con otra paciente que se había operado antes que yo.» Eusebio ríe y mueve la copa en el aire. «¿No te interesan los hombres casados?», dice con voz turbia. Ella le mira sonriendo y alarga una mano para coger la suya, para sujetar la copa de la que Eusebio bebe. «¿Tú lo estás?», pregunta, y con una uña le raspa en los nudillos, le araña. «No», dice él, «yo nunca he estado en un quirófano.»

Las orejas de Marcia son alargadas, rabudas. Quizás en su juventud llevó pendientes largos y pesados que le deformaron los lóbulos. Los agujeros que quedan ahora en su carne son muy finos, punciones invisibles.

Cuando ella se aparta la melena, Eusebio mira sus orejas sin disimulo. Se pregunta cuántos hombres las habrán mordido, cuántos habrán relamido sus hoyas y sus hendiduras. ¿Guillermo lo hizo? «¿Has tenido muchos amantes?», pregunta Eusebio a bocajarro: la embriaguez le desinhibe, le excita. Marcia no se incomoda por la brutalidad. Coge su copa y da un sorbo. Sus ojos, menos achispados que los de Eusebio, tienen también negrura y barbulla. No dice nada: mira fijamente a Eusebio y espera a que el tiempo pase. El camarero les llena las copas y se aparta. Cuando Eusebio piensa ya que Marcia no responderá, ella se echa hacia adelante en la mesa, estira la cabeza para acercarse y susurra como si hiciera una confidencia: «He tenido muchos amantes», dice con afectación. «Pero fue antes de conocerte a ti.» Al tratar de incorporarse para besarla, Eusebio vuelca la copa de champán, que rueda por el mantel y cae al suelo: añicos, estrépito, catástrofe.

A Eusebio no le importa que Marcia le castigue. No le importa que le ate a las barras del radiador y le pise la espalda con los tacones afilados o con los pies descalzos. No le importa que le mee en el cuerpo. Tiene tantos deseos de verla desnuda y de poder tocar su cuerpo que sería capaz de consentir el martirio: ¿es eso el misticismo?, ¿es lo que sintieron san Lorenzo, san Sebastián o, en paradoja, santa María Goretti antes de abandonarse a los tormentos de sus verdugos? ¿Un dulce aprovechamiento del dolor? Eusebio sube de nuevo los peldaños de la escalera. Es muy tarde y hay silencio, pisan de puntillas, sigilosos. Marcia apoya sus zapatos en la curva mellada de la escalera, se desliza. Eusebio camina detrás de ella a tientas. A pesar del tiempo que ha pasado desde que salieron del restaurante, ve todavía todo con borrosidad, entrecortado. Las caderas de Marcia, sus tobillos: líneas desiguales que se quiebran. Huele a perfume: náusea, gravedad, aturdimiento.

Cuando ella cierra la puerta de la casa, Eusebio se queda parado en el vestíbulo y piensa si debe desnudarse allí mismo, dejar la ropa en el suelo y entregarse mansamente, como Guillermo hacía: esclavizado, de rodillas, sin conciencia. No tiene voluntad y espera. Agacha la cabeza, mira al suelo: hará lo que Marcia ordene. Ella, sin embargo, le coge de la mano y le guía por la oscuridad hasta una cama. Le desnuda poco a poco con dulzura, besando sus brazos y su vientre. Eusebio, como los poetas, desea que la muerte le llegue así, en ese instante. Al cerrar los ojos se desvanece, pierde durante unos instantes el hilo de la vida. Marcia se tumba a su lado y él, con una mano, la acaricia: los senos le recuerdan al champán del que han bebido, al borbollón que a veces lo prende todo. Marcia le tienta el sexo, los testículos, pero Eusebio no tiene fuerzas para amarla: la embriaguez, la fatiga, la ventura. Puede arrodillarse ante ella, si lo manda, o lamer sus pies desde las uñas. Puede poner las nalgas para que las golpee. No tiene miedo de ser devorado por Marcia, de que sus actos lo anulen o lo rompan. Es otra teoría del amor, otra creencia: desaparecer antes, morir prematuramente, entregarse de verdad a alguien. Eusebio no tiene miedo de Marcia. Se duerme imaginando un campo de llamas, de tormentos, pero el sueño es apacible.

Eusebio eyacula mientras ella grita y luego, después de un zarandeo y de besarla, se deja caer a un lado resollando. Es de día: esa luz azulada de brillo silvestre que le hace creer que no está en la ciudad, sino en algún lugar salvaje. Desde la cama de Marcia no se ven tejados ni edificios: el cielo vertical. «¿Por qué nos quedamos siempre aquí?», pregunta Eusebio. «¿Por qué no quieres venir a mi casa?» Marcia se incorpora, apoya su cara sobre la mano abierta y mira a Eusebio de través, en contraluz. «Cuando nos casemos», dice con ternezas. Él se sobresalta, se sacude entre las sábanas. «¿Me has comprado ya el anillo?», le pregunta a Marcia con gesto respetable, solazado. Ella asiente con la cabeza y demora la respuesta: «Grande e iridiscente. De Saturno.» Eusebio levanta una mano frente a ella y examina todos sus dedos: el anular ciclópeo, torcido en la falange. Luego se deja rodar hasta su lado y la acaricia con la misma mano, taciturno: el ángulo del hombro, los pezones. La luz la quema: no hay contornos. «¿No echas de menos nada cuando estás conmigo, Julia?», le pregunta. Marcia se sorprende, ríe. «Viajes espaciales, diamantes, palacios fabulosos», dice en broma. Eusebio sonríe triste, se acurruca. «¿No echas de menos nada?», repite. Ella le mira entonces al hueco de los ojos, a la melancolía. Le toca los labios. «No», dice simplemente. «¿Qué iba a echar de menos?» Eusebio se tumba bocarriba y escruta el techo: desconchaduras con formas de animales, marcas de pintura. «No lo sé», susurra avergonzado, distraído. «A algún amante portentoso. A otros hombres. A alguien que te hiciera sentir cosas extrañas.» Marcia estira el cuello, se revuelve: «¿Cosas extrañas?» Eusebio, apurado, busca alguna palabra que le excuse: «Cosas extraordinarias. Sobrehumanas.» Y luego, después de cavilar durante un momento, continúa con un relato: «Yo tuve hace muchos años una relación con una mujer que hacía que me retorciera de placer. Me obligaba a sentarme en un sillón desnudo, se arrodillaba entre mis piernas y comenzaba a chuparme muy despacio la punta del glande, el borde mismo de la uretra. Al principio yo sólo sentía un gusto frío, una especie de temblor que se iba extendiendo por todo el cuerpo: por los muslos, por el abdomen, por los brazos. Pero poco a poco esa sensación se volvía áspera, casi dolorosa. Le empujaba la cabeza para que lamiera bien, a fondo, o trataba yo mismo de apresurarlo todo con mi mano, pero no me dejaba: me sujetaba fuerte, con violencia, y seguía pasando la punta de la lengua por el glande. Era un movimiento monótono, invariable. Yo empezaba a sudar y los músculos se me acalambraban. Tenía convulsiones. Ella, sin embargo, seguía lamiendo sin descomponerse. Podía estar así una hora. Dos horas. Y de repente, imprevistamente, hundía su boca hasta abajo y en dos golpes me remataba. Lo que era dolor se volvía gloria. La cabeza se me iba, las pupilas de los ojos se me volteaban. A veces, en los espasmos, me mordía sin darme cuenta la carne de la boca o la lengua, y de los labios, entre las babas, me colgaban hilos de sangre. Un día perdí el sentido.» Eusebio se calla, se queda quieto. De algún lado llegan ruidos: cañerías, acarreos, cantinelas. «¿La echas de menos?», pregunta Marcia. En su voz hay duda, desencanto. Eusebio, sin mirarla, nota su desaire. «No», responde para enmendarlo. Y con énfasis: «No. Pero tenía miedo de que tú te acordaras de alguien, de algún hombre que te hubiera hecho enloquecer.» Hace una pausa descuidada y luego añade: «Tenía miedo de que amaras a un fantasma.» Marcia se tumba, se despereza. «¿Y si tú eres un fantasma?», pregunta. «¿Y si me he enamorado de ti precisamente por eso, porque todo resuena a cadenas arrastrándose cuando caminas y porque llevas siempre una sábana cubriéndote?» A Eusebio se le cuajan las lágrimas: «¿Te has enamorado de mí?», masculla con la gangosidad del llanto, y se vuelve para esconder el rostro. Marcia acerca su cuerpo, se aplasta contra su espalda y le besa la nuca. Con los dedos le seca las lágrimas, le acaricia los párpados cerrados. No dice nada, pero le abraza para que sepa que le ama.

Un día, al despertarse, Eusebio se acuerda de la vida desdichada de su tía Maribel, la única hermana que tuvo su madre. La tía Maribel se había casado a los diecinueve años con el tío Marcelino, un muchacho galán que estudiaba leyes y quería ser atleta para ir a las Olimpiadas. Después de terminar la carrera universitaria, había opositado a notarías sin demasiado éxito. Sus marcas de velocidad y de salto de altura tampoco eran brillantes, de modo que acabó abandonando los sueños deportivos. Consiguió un empleo en un despacho de abogados y se fue labrando allí una carrera profesional confortable y desahogada. Cuando era niño, Eusebio iba a visitarles algunas veces a su casa del barrio de Moncloa. Como no habían podido criar hijos, tenían dos perros y pájaros cantarines. Las habitaciones estaban llenas de plantas y de flores. La tía Maribel sacaba siempre dulces caseros para la merienda y se sentaba con Eusebio a preguntarle por su vida. El tío Marcelino, en cambio, era más retraído, pero les acompañaba en silencio durante la visita. Su rostro, con los ojos grises y el bigote entrecano, tenía un aire bondadoso. Siempre le daba a Eusebio a escondidas un billete para sus gastos y le siseaba en secreto alguna insignificancia de complicidad. A medida que fueron pasando los años, Eusebio dejó de ir a verlos, pero la tía Maribel le llamaba por teléfono de vez en cuando y le enviaba con recadero sus dulces favoritos. Él pensaba que eran un matrimonio feliz, una de esas parejas bienaventuradas que son capaces de soportar las naderías de la vida con dignidad. Cuando escuchaba a alguien decir que la rutina acaba con todos los empeños y con todos los afectos, Eusebio pensaba en ellos, que habían sabido sobreponerse a todo.

Un día, cerca ya de cumplir los sesenta años, la tía Maribel se levantó por la mañana y le preparó el desayuno al tío Marcelino, como había hecho toda su vida, mientras él se aseaba. Luego, con el café humeante, fue al dormitorio para ver cómo se vestía. El tío Marcelino se puso los calzoncillos, la camisa planchada que ella le había sacado del armario y los pantalones del traje.

Luego se sentó en el borde de la cama para calzarse. La tía Maribel, que le miraba con arrobo, enamorada aún después de tantos años, vio que a pesar de sus cuidados uno de los calcetines tenía un agujero grande en un talón. Sonrió enternecida por ese trance banal, por esa fruslería en la que ella encontraba la esencia del amor, del cuidado mutuo desinteresado, y se exhortó a sí misma a tirar a la basura por la noche, cuando su esposo regresara, los calcetines inservibles.

El tío Marcelino, pues, se fue a trabajar con uno de los calcetines agujereados. Pasó la jornada fuera y, como cada día desde hacía cuarenta años, volvió a casa a la hora del crepúsculo de la primavera. La tía Maribel estaba en la cocina preparando un guiso para la cena, pero se acordó de los calcetines rotos y acompañó a su marido al dormitorio para no olvidarse de tirarlos. Cuando él se descalzó, vio con desconcierto que el agujero del calcetín estaba en el pie cambiado: se lo había llevado en el pie derecho y estaba ahora en el pie izquierdo. Le vino una indisposición vertiginosa, un ahogo, pero aún tuvo tiempo para tratar de justificarlo todo. Apoyada en la pared, pálida, buscó alguna explicación. Pensó que tal vez por la mañana había visto mal el orden de los pies, que su memoria se enroscaba. Pensó que quizá su marido había sufrido algún accidente durante el día y había tenido que desnudarse. Pero nada de eso era verdad. El tío Marcelino llevaba media vida viendo a otra mujer. Hacía veinticinco años, en una correría casi accidental, la había dejado embarazada. El hijo, que nació, fue un lazo que amarró al tío Marcelino: él siempre había que-

83

rido ser padre y se quedó al lado de la mujer para verlo crecer. No abandonó a la tía Maribel porque la amaba. Se encontró tajado en dos, descuartizado como una res de matadero: por un lado la mujer que le había dado un hijo y por otro la mujer con la que había jurado compartir la vida. Durante varios meses anduvo sin rumbo, desmejorado, doliente. Comenzó a pensar en el suicidio: se iba a pasear por el parque de Atenas, cerca de la casa en la que vivían, y miraba desde abajo los arcos del Viaducto. Poco a poco, sin embargo, se fue amansando y se acostumbró a la nueva vida. Salía temprano de la oficina e iba a la casa de su amante, a la que con el tiempo llegó a querer de un modo mórbido, frío. Pasaba allí una o dos horas jugando con su hijo, ayudándole a hacer los deberes del colegio. En ocasiones se encerraba en el dormitorio con la mujer y hacía con ella cosas que con la tía Maribel no se atrevía a hacer. Luego regresaba a su casa, comentaba las peripecias del trabajo y se sentaba a cenar: pasta italiana, sopa de menudillos, menestra de verduras. Veía con la tía Maribel los programas de la televisión. Se quedaba a veces dormido en el sillón, roncaba musicalmente.

La tía Maribel le echó de casa esa misma noche, pero dejó antes que se duchara e hiciera la maleta con algunas cosas necesarias. Se quedó, entre la ropa sucia, con los calcetines rotos, y aunque la tía Maribel no tenía estudios ni genio para la abstracción filosófica, se puso a pensar qué extraño era el azar y de qué modo terrible resolvía el destino. Todo habría seguido siendo plácido y celestial si ella hubiera visto a tiempo el agujero de los calcetines, al lavarlos, y los hubiera tirado a la basura, como hacía siempre. O si esa mañana se hubiese entretenido en la cocina fregando los cacharros del desayuno y no hubiera visto cómo su esposo se vestía. O si el tío Marcelino, después de acostarse con su barragana por la tarde, se hubiese puesto los calcetines en el mismo orden, en los mismos pies en los que los llevaba: el agujereado en el pie derecho y el otro en el izquierdo. Un cálculo de probabilidades simple, una fatalidad grotesca.

La tía Maribel tuvo un ataque de cólera. Echó a su esposo de casa y, a los cincuenta y ocho años de edad, se vistió de puta y se fue a las salas de fiesta en busca de amoríos. Tuvo un idilio con un caballero cubano que le robó algunos ahorros y con un joven imberbe que buscaba la experiencia de una mujer madura, pero ninguno de los dos le calmó el dolor. Empezó a beber y se fue recluyendo en casa. Se dejó morir.

Eusebio no piensa en ella, sino en el tío Marcelino: recuerda su rostro venerable, su bigote noble y bien cuidado, sus ojos transparentes, sus manos patriarcales. Parecía un hombre honorable y recto, un virtuoso de alma simple que tenía la conciencia en paz. Era, sin embargo, una criatura atormentada y llena de secretos, un personaje disfrazado que fingía. Eusebio a veces se levanta de la cama y se queda mirando a Marcia mientras duerme: Marcia, Julia. Tiene miedo de descubrir un día sus calcetines rotos, de saber que el fantasma de Guillermo todavía se desnuda frente a ella.

Frente a un manojo de espaguetis desordenados, Eusebio cavila. Mira a través del visor de la cámara: líneas paralelas, aspas, urdimbres. Violeta, a su lado, espera. El fondo blanquecino de la imagen deshace algunas mallas, las enreda. Eusebio cree que no hay que fotografiar los espaguetis sin condimentos: tomate, carne picada, verduras. Podría hacer una foto extraordinaria si le dejaran adornarlos de algún modo artístico: una tira de pimiento rojo, unas hebras de queso, un tenedor dorado. Pero las órdenes son categóricas: no debe haber aliño ni ornamento. «¿Tú has engañado alguna vez a tu novio?», le pregunta a Violeta mientras sigue mirando a través del visor de la cámara. Violeta se asusta, respira con estertores. Tiene veinticinco años y desde hace mucho tiempo está comprometida con un chico de su edad que va a recogerla algunos días al estudio. Es delgada, con la cara deforme en las mandíbulas y los pies poco femeninos. Tiene la piel tan blanca que parece maquillada. Usa siempre faldas muy estrechas y lleva el pelo cortado como Cleopatra. Su expresión, candorosa, inspira simpatía. Eusebio a veces piensa que es pánfila, que no tiene entendederas, pero cuando conversa con ella encuentra siempre perspicacia. «¿Tú has engañado alguna vez a tu novio?», repite. Violeta se frota los muslos con las palmas de las manos. «¿Cómo me pregunta usted eso, Eusebio?», dice ofuscada. Eusebio levanta los ojos de los espaguetis y la mira. Tiene las mejillas enrojecidas: cólera o vergüenza. «No se lo voy a contar a él, no te procupes», la tranquiliza. «No tiene nada que contarle», dice Violeta dignamente, casi ofendida. «Yo soy una santa.» Eusebio remueve los espaguetis, los alinea en paralelo como si fueran una geometría perfecta. «¿Ni una sola vez?», insiste, acuclillado junto a la mesa de la imagen fotográfica. «Eres una chica muy guapa y seguro que algún día has tenido ganas de acostarte con alguien diferente.» Violeta da un paso hacia atrás, se aparta. En su frente hay sudor. Se arrugan las comisuras de su boca. «Yo no quiero hacerle daño a mi novio, Eusebio», dice con miedo, tratando de que la voz sea complaciente, servil. Eusebio se levanta. La mira, extrañado, y entiende el miedo. Ríe a carcajadas. «Voy a violarte ahora», dice amenzándola con uno de los espaguetis. Violeta se sofoca. Mueve los dientes como una rata, abochornada. «Le quiero mucho», dice para disculparse. Eusebio, templado, la consuela y luego vuelve a preguntarle: «¿Nunca le has engañado? ¿Ni una sola vez, ni en un descuido, en una borrachera, en una riña? ¿Nunca te has dejado besar? ¿Nunca has sentido ganas de desahogarte haciendo cosas obscenas o terribles que con tu novio no te atreves a hacer?» Violeta siente pasmo: abre la boca paralizada, mueve la cabeza. «No», responde atolondrada. «No. Le quiero mucho.» Eusebio vuelve entonces a los espaguetis y medita. Los coloca en abanico, en cruces asimétricas. Piensa que quizá Marcia no esconda nada. Tal vez Guillermo lo inventó todo, en fantasía, o tal vez fue la anciana del corazón sangrante de Jesús quien lo esclavizó. Con el brazo, de repente, lo barre todo, desbarata la mesa, los espaguetis. «Voy a dejar este trabajo», dice mientras se levanta molido por la postura. «Estoy harto de hacer fotografías de la mierda.»

Un día Julia se olvida el ordenador en casa. Es un ordenador portátil, pequeño, de tapa plateada. Eusebio lo enciende. Ha estado tentado de hacerlo otras veces, cuando ella se iba a una cita médica o a cenar con alguna amiga, pero siempre se ha contenido: la intimidad de la persona a la que ama no debe ser violada. Ese día, sin embargo, el aguijón es más grande que su voluntad. Tras unos segundos, el sistema le pide una contraseña. Eusebio mira a la pantalla decepcionado. Teclea varias posibilidades triviales: la fecha del cumpleaños de Julia, su teléfono móvil, el nombre de la ciudad en la que nació, su propio nombre. Teclea también el sobrenombre de Julia: Marcia. En todos los casos aparece un mensaje de error y suena una alarma musical. Eusebio piensa, con abatimiento, que quien guarda las cosas bajo llave es que tiene algo que ocultar. Durante más de diez minutos sigue tecleando a ciegas: nombres, cifras, combinaciones. Después, desalentado, apaga el ordenador de Julia y se sienta frente al suyo. Con paciencia, comienza a rastrear en los laberintos de la red en busca de algún programa informático que sirva para descifrar contraseñas.

En la caja de herramientas hay tenazas, alicates, destornilladores, una espátula y un martillo. Eusebio la lleva al cuarto de baño y, aunque está solo, aunque nadie más que él tiene la llave de la casa, cierra la puerta con pestillo. Se desnuda lentamente, frente al espejo horizontal que hay sobre el lavabo. Se palpa la carne con las manos: coge pulgadas del abdomen, que está blando, de los muslos, de las tetas pulposas. Tiene un cuerpo maduro, de músculos ya débiles. La cintura se ha ensanchado y el vientre, marcado aún por trazos rectos, se va arqueando. La textura de la piel ya no es perfecta: estrías, gránulos, rugosidades.

Con parsimonia, coge las tenazas, las levanta frente a sí, las abre y las lleva muy despacio hasta su pecho. Pinza un pezón y aprieta suavemente. El dolor, como un estampido, le recorre las fibras de la carne desde el hombro hasta las piernas. Cierra los ojos, exhausto, y afloja el pinzamiento. Respira con alivio, se relaja. Al cabo de un minuto, vuelve a intentarlo: pellizca la tetilla, amoratada, y retuerce las tenazas hacia un lado. Sin darse cuenta, sin voluntad, grita: en el espejo ve su boca abierta, la garganta desgarrada.

De repente tiene ganas de rendirse, de abandonar ese experimento sanguinario. Pero sabe que lo esencial en el adiestramiento es la perseverancia, el tesón, la resistencia. Con una mano coge los alicates, que tienen las puntas más finas, casi redondeadas. Con la otra se levanta el pene para dejar a la vista los testículos. Aprieta las mandíbulas, aventa y, con los ojos fijos en la imagen del espejo, acerca la herramienta al escroto hasta apresarlo. Cierra poco a poco las mordazas dentadas y, cuando la piel está sujeta por ellas, estira suavemente. Siente una quemazón, un filo de electricidad corriendo por un nervio, pero aguanta sin soltar, sin aflojar el daño. Para tener valor, piensa en Marcia: es ella quien le prensa, quien le castiga. Sin mirar, tuerce la muñeca para que los alicates atornillen aún más la carne. Cuenta hasta diez. Luego hasta veinte, hasta cincuenta. En las fantasías con las que se conforta, las uñas de Marcia están pintadas de un rojo muy vivo: uñas largas y limpias, afiladas.

Eusebio no respira. Recita las cifras sin moverse: setenta y seis, setenta y siete, setenta y ocho. Al llegar a cien, suelta la mano para que la herramienta caiga. observa su sexo, que está tumescente, cárdeno. De él cuelga una baba de sangre. Cuando por fin se mira el rostro en el espejo, Eusebio se da cuenta de que está llorando.

Eusebio apaga todas las luces y se sienta frente al balcón. Acaba de anochecer y Marcia aún no ha regresado del trabajo. En la casa de enfrente, un hombre plancha mientras mira la televisión. Tiene a su lado, sobre una silla, el montón de la ropa: camisas, calzoncillos, pijamas. Se mueve como un maniquí mecánico, sin atender a lo que hacen sus manos: coge una prenda, la extiende sobre la tabla y la repasa con la plancha por el haz y por el revés. Es un hombre añoso. Tiene la barba pelirroja y una papada blanda que se le frunce al moverse. Los brazos, velludos, están marcados todavía por sombras musculosas, pero la barriga grande y grasienta revela la constitución fláccida de su cuerpo. Hay una luz liviana, anaranjada: una lámpara mortecina en algún rincón que Eusebio no ve, a la derecha de la habitación. La decoración es desnuda, decadente: pintura granulada, molduras con volutas. En la pared del fondo hay un cuadro mal colgado, torcido: una escena de caza con ciervos y montañas. Es verano y el balcón está abierto: los visillos descorridos. El hombre, abstraído, se seca de vez en cuando las sienes, la humedad del cuello. En silencio, Eusebio le contempla. El resto de los ventanales de la calle están a oscuras. Hay olor de tormenta, aire denso.

Si Guillermo no mintió, ése es el hombre que miraba desde su balcón el encarnizamiento de Marcia, sus crueldades. En la casa de la izquierda, desde la que también se puede avistar lo que allí ocurre, no vive nadie. La calle es estrecha y entre los dos edificios hay una distancia corta: cuatro metros, tal vez menos. De un lado a otro puede verse todo con claridad. Eusebio examina la camisa que el hombre plancha: tela blanca con rayas azules muy delgadas. Tal vez cuando Marcia y él se besan en ese espacio, en el centro del salón, él les mira. Eusebio siente asco, vergüenza, pánico, pero sigue espiando al hombre con impudicia. Le produce placer observar cómo plancha, acecharle en secreto. Nunca le ha visto con una mujer, nadie le visita. Nunca le ha visto con amigos, con gente que le acompañe. Quizás es un misántropo: huraño, agreste, retraído. Eusebio imagina el júbilo del hombre al presenciar las orgías de Marcia. Tal vez se sentaba a esperar cada tarde el espectáculo, regresaba corriendo del trabajo para estar allí y no dejar escapar la ocasión, si la había, de la lujuria. Y cuando Guillermo u otros hombres eran exhibidos, se acomodaba ante el balcón, en la penumbra, desnudo, y contemplaba deslumbrado la comedia. Eusebio ama a Marcia, pero al recordar esa escena se

91

desboca: náusea, aborrecimiento, desamparo. No cree posible que ella lo hiciera. Marcia es dulce, sensible, pudibunda. A veces se sonroja al desnudarse. Acaricia con ternura, suavemente. Detesta la violencia. La mujer de la que Guillermo hablaba, brutal y trastornada, no puede ser la misma que a él le besa con paciencia, hurgándole en los huecos de la carne hasta que tiembla. La mujer egoísta que se hacía complacer sin mojigatería no puede ser la misma que le cubre, generosa, y se esfuerza en que goce de su cuerpo, de su vulva apretada, de sus manos. Julia no puede ser Marcia. Eusebio quiere preguntárselo, pero tiene miedo de apenarla. ¿Cómo puede explicarle que la ama porque otro hombre antes le habló de ella? ¿Cómo puede decirle que sabe cuanto hizo: sus ensañamientos, sus golpes, sus deshonras? ¿Cómo puede confesarle que duda de sus caricias y de sus juramentos?

El hombre termina de planchar y guarda los enseres. La habitación, con luz aún, queda vacía: el cuadro de los ciervos, las sombras de la televisión encendida, la esquina de un sillón. Eusebio se desnuda. Deja la ropa en el suelo, desordenada. Y se queda esperando a que llegue alguna mujer para abrazarle. Julia o Marcia.

Tumbada bocabajo en la cama, desnuda, Julia va pasando las páginas del álbum de fotografías. Se las explica a Eusebio, que está junto a ella. «Ésta es mi madre cuando era joven», dice poniendo el dedo sobre un retrato en blanco y negro con los cantos dentados. «Éste es el coche que teníamos hace muchos años», explica señalando ahora una foto desvaída en la que se ve un vehículo antiguo –un Dodge, un Cadillac– en mitad de un paisaje rural. «¿Y esa niña desnuda?», pregunta Eusebio indicando la imagen de una criatura de pocos años en la ribera de un río. Julia ríe. Eusebio aprovecha su boca abierta para besarla, para raspar sus dientes. «Soy yo», dice ella. «Ya andabas con hombres desde esa edad», se burla él: en la fotografía, junto a Julia, puede verse a un señor de unos cuarenta años que la sujeta para que no entre en el río. «Es Gorgonio, mi padrino», afirma ella. Eusebio silba: «Gorgonio», exclama. «¿Qué clase de nombre es ése?» Julia se vuelve para mirarle, divertida. «Es un gran psiquiatra», le cuenta. «Ha dado cursos en la Universidad de Columbia y ha escrito muchos libros sobre la locura. Sabe todo lo que hay que saber sobre el funcionamiento del cerebro.» «Gorgonio», repite Eusebio. «Con ese nombre es imposible no saberlo todo sobre la locura.» Julia vuelve a reírse y él le muerde los labios, los lóbulos de las orejas. «Hiciste la primera comunión vestida de monja», dice mirando de reojo al álbum. Julia tapa con la mano la fotografía. «Eso fue hace mucho tiempo», dice. Y se da la vuelta para abrazarle.

En la pantalla blanca del ordenador, Eusebio escribe: «Querida Marcia: Soy Segismundo. Tal vez no te acuerdes de mí, pues ha pasado mucho tiempo desde la última vez que nos vimos.» Se detiene de repente, indeciso, y lo relee todo varias veces con inseguridad. Al cabo, lo borra y comienza de nuevo: «Amada Marcia:

Soy su siervo Segismundo. Tal vez no se acuerde usted de mí, pues ha pasado mucho tiempo desde la última vez que nos vimos.» Eusebio no sabe si ese ceremonial afectado era del gusto de Marcia, pero prefiere excederse en las formalidades para resultar más persuasivo. «Tuve un hijo y escapé de usted. Viéndole tan pequeño, tan frágil, pensé que si seguía visitándola y sometiéndome a sus caprichos, que tanto me gustaban, lo infectaría de alguna monstruosidad. Un hijo es algo muy valioso y delicado. Parece que cualquier pensamiento puede destruirlo, que incluso los sueños que uno tiene lo ensucian.» Eusebio se recuesta en la silla, suspira. Nunca ha deseado tener un hijo, pero cree que se puede sentir esa impureza de que habla: los padres se recatan, se avergüenzan. «Por eso me aparté de usted», prosigue, «para cuidarlo. Pero cada día que fue pasando sin poder verla, sin besar sus pies y sin sentir sus ataduras en mi cuerpo, se convirtió en un tormento. Y cuando quise volver, tuve miedo. Usted me había advertido de la deslealtad, del abandono. Creí que los castigos que me esperaban serían mayores de lo que soy capaz de soportar. Y creí también, entristecido, que habría otro hombre para atenderla, que se habría olvidado ya de mí. Por eso no volví. Fui dejando pasar los días como si se tratara de una malaventura, pensando con dolor en usted y en los placeres que me daba.» Eusebio se levanta. Recorre la casa como si, en una jaula, se asfixiara. No sabe qué desea. De niño le enseñaron que al poner las manos en el fuego se incineran, se vuelven carbón y polvo, pavesas. Deja el ordenador encendido y sale a la calle. Camina deprisa, apremiado.

Da vueltas a la manzana hasta que le duelen las piernas. Luego sube y, de inmediato, se sienta de nuevo a escribir. «Ya sé que no existe ninguna posibilidad de que yo vuelva a tenerla como dueña. Ya sé que mi traición (aunque haya sido por un hijo) sólo puede castigarse con el destierro, con el desprecio absoluto, con el apartamiento, pues cualquier escarmiento distinto, por duro que fuera, sería placentero, y en esa paradoja no hay remedio.» Relee la última frase satisfecho y apunta ya la despedida: «Han pasado muchos meses, casi un año, pero sigo pensando en usted. Cada noche, al acostarme, me acuerdo de sus pies, de esos dedos estrechos y alargados que podía besar para reverenciarla. No tengo a quien rezar, pero rezo. No para poder volver a su lado, que es imposible, sino para que al menos me perdone. Usted sabe que su perdón es importante. La servidumbre no es un juego, sino una naturaleza, y por eso yo no puedo seguir viviendo sin su indulgencia.» ¿Habría sido capaz Guillermo de escribir una carta así? Eusebio está seguro de que no, pero lo que le inquieta es que el tono campanudo y artificioso de algunas frases haga sospechar a Marcia. «La servidumbre no es un juego, sino una naturaleza»: declamatorio, rebuscado, altisonante. La tacha y busca otra despedida más desnuda. «Usted sabe que su perdón es importante. Por eso quiero su indulgencia», escribe. Y luego, debajo, ritualmente: «A sus pies siempre» y la firma tipografiada: Segismundo. No se atreve a poner rúbrica de su puño y letra, aunque el trazo de un garabato jamás podría ser identificado. Prefiere ser cauteloso, como los agentes secretos y los criminales. Se pone guantes para coger el folio en el que va a imprimir la carta y el sobre en el que la enviará: no deben quedar huellas ni rastros suyos. Pero cuando va a teclear la dirección de envío se da cuenta de que tiene que poner el nombre real de Marcia, ese nombre por el que ella nunca se hizo llamar ante Guillermo: Julia Riaño Domínguez. Añade, entre paréntesis, el nombre ceremonial, escrito en mayúsculas. Luego, sin quitarse los guantes, dobla el folio, lo mete en el sobre, humedece el sello con agua del grifo (la saliva es delatora) y lo pega en la esquina en que corresponde. Sin más demora, sale de nuevo de casa y bordea el edificio hasta el buzón más cercano. Antes de echar el sobre por la boca, sin embargo, recapacita: tal vez el origen de una carta pueda rastrearse, quizá en cada furgón, al descargar las sacas, les pongan una marca. Continúa entonces caminando para alejarse de su casa. Ve pasar un autobús y se sube en él sin saber adónde conduce. Algunos viajeros le miran con perplejidad: es verano y lleva guantes. Al cabo de media hora se baja en una calle que no conoce: un barrio de casas ramplonas, de estofa basta. Busca un buzón tratando de no perderse. Cuando lo encuentra, echa la carta con prisa y regresa a la parada del autobús. Está empezando a anochecer.

Eusebio tiene un sueño: los huesos de Guillermo se levantan, su esqueleto se pone en pie y busca a Marcia. Ella le recibe en su casa, le ata con una correa que cuelga de las vértebras cervicales y le obliga a caminar a cuatro patas, como un animal sumiso. En el cráneo de Guillermo no hay ojos, las cuencas están vacías, pero en la boca, en cambio, hay una lengua: Marcia se sienta en una silla, con los muslos abiertos, y ordena al esqueleto que le lama la vagina. Sobre la espalda de Guillermo, en la espina de su omoplato, en el arco espiral de sus costillas, hay gusanos reptando. Algunos de ellos se escurren y caen en las rodillas de Marcia, en sus pies. Ella tiene los ojos cerrados y jadea. El cráneo se mueve con furia entre sus piernas, se afana. En el éxtasis, Marcia se agita: en una de sus manos sacude el látigo, que restalla. Una de sus puntas da en el espinazo de Guillermo y lo parte: de repente, todos los huesos se derrumban, se desensamblan, y caen al suelo con estrépito. Marcia siente entonces el orgasmo, se estremece. Ante ella, a sus pies, queda un osario. Y un nidal de gusanos.

Cada mañana, Eusebio entra en el portal de Marcia y escarba en el buzón con unas pinzas: facturas, propaganda, correo bancario. La carta de Segismundo llega al tercer día: cerrada, sin marcas, sin vestigios. Tiene el matasellos desvaído, pero se lee la fecha. Eusebio la examina de un vistazo y la deja caer de nuevo en el buzón. Luego, nervioso, sale a la calle y camina. Siente desazón, zozobra. Mira el reloj: la una y treinta y cuatro del mediodía. Marcia no regresará hasta las siete. Eusebio, por lo tanto, debe esperar más de cinco horas hasta que recoja la carta. Debe esperar más de cinco horas para ver su rostro al llegar a casa y adivinar en él sus sentimientos: confusión, nostalgia, desencanto. Quizás alegría. Es posible que Marcia se lo cuente, que le enseñe la carta y le confiese –regocijada o arrepentida– sus tratos con Guillermo. Eusebio lo desea: así sabrá por fin que aquello fue verdad. Prefiere esa certeza, pues el silencio de Marcia lo atormenta. Le gustaría tener su corazón sobre una mesa, como un carnicero, y abrirlo en canal para ver qué hay dentro. Carnearlo con un cuchillo muy fino, cuartear sus ventrículos, separar el miocardio, el pericardio y las membranas. ¿En qué parte del cuerpo están los sentimientos, en qué glándula? ¿En qué órgano se guardan los secretos? ¿En algún lóbulo del cerebro, en las terminaciones nerviosas de los ojos, en el hígado? Eusebio piensa que la anatomía y la biología podrían resolver los grandes males de la existencia. Si él pudiera saber mediante un análisis de sangre o mediante una radiografía qué recuerdos tiene Marcia de Guillermo, se sentaría calmado en una plaza, en la mesa de un bar, y se olvidaría de esa congoja que le apura, de los celos, de la sospecha de que Marcia le traiciona. Un diagnóstico, un dictamen. Sólo necesita que ella le cuente la verdad.

Eusebio comienza a correr por la calle, como si fuera a algún sitio con mucha prisa. Atraviesa las avenidas, cruza las plazas por el medio, pasa entre los coches. Va sin rumbo: ciego, embravecido, desquiciado. Cuando no puede ya respirar, se detiene en una esquina y se agacha. Resopla, bufa. No sabe dónde está: hay árboles en hilera, escalinatas, una fuente. Mira el reloj: las dos y media. Debería irse a casa y dormir hasta la tarde: tomar una pastilla, cerrar los ojos. Si pudieran extirparse con un escalpelo las ideas, Eusebio llamaría a un cirujano: los sesos al aire, el filo del acero en el encéfalo. ¿En qué parte del cuerpo van sedimentándose las obsesiones? ¿En los dedos de las manos, que se crispan? ¿En las arterias del cuello? ¿En los genitales? Eusebio sabe que ésa es la maldición: recordar siempre, pensar en algo sin poder abandonarlo. El insomnio, la ofuscación.

A las cuatro de la tarde entra en un cine a ver una película de aventuras. Atiende a las batallas, a las catástrofes. Se emociona con el coraje del héroe, con la gallardía con que afronta los lances de la vida. Pero en ningún momento olvida el rostro de Marcia, su mirada en las letras de la carta. El héroe se enamora de una dama dulce y recatada que le corresponde. Las lides de amor son conmovedoras, pues ella, enferma, necesita un remedio milagroso para curarse. En justas y en combates, el héroe lo busca: una flor escondida, una pócima. Al final acude con él al rescate de su amada. Ella, agonizante, lo bebe y resucita. Eusebio llora. Se limpia las lágrimas mientras la sala está todavía oscura y luego sale a la calle. Es la hora: debe ir hacia la casa de Marcia a esperar que llegue. Cuando ella suba, él tiene que estar allí, atento, examinándola, observando cada gesto: aspavientos, mohínes, ademanes. Esa tarde, al encontrarse, nada será normal. Si ella está triste o silenciosa, si responde con excusas, si se ensimisma, si finge una enfermedad, Eusebio creerá que echa de menos a Guillermo (o a Segismundo) y comenzará a pensar que no le ama. Bien podría ser que Marcia estuviese de verdad enferma, o que hubiese tenido en la oficina un contratiempo que la deprimiera, o que por alguna razón incierta sintiese ese día desánimo o melancolía. Pero, a pesar de ello, Eusebio no será capaz de admitir que hay otra causa distinta a la que él supone: la añoranza de Guillermo, la pena de su desaparición. Así es siempre la vida: algunas coincidencias extrañas la tuercen, la descarrían. Si Marcia, por el contrario, se muestra alegre o confiada, vehemente, Eusebio también recelará. Si propone salir a cenar a un restaurante o abre una botella de vino selecto, él se figurará que es por el júbilo de haber reencontrado a Segismundo. Si se muestra indecente y le acomete, imaginará que es por la lascivia del recuerdo. Para cada uno de los gestos de Marcia habrá una sospecha. Sólo existe un modo de que Eusebio se apacigüe: si ella entra en la casa con la carta en la mano, riendo, y cuenta sin empacho que un loco le ha escrito hablándole de amores y de vicios, si le da el papel –que él mismo ha redactado– para que lo lea, si se asombra. Eusebio siente miedo: se arrepiente. Con Julia es feliz. No quiere destruir lo que ha logrado: el orden anodino, el compás de los hábitos, las costumbres. Tal vez para vivir así haya que consentir infamias o ignorar secretos: el corazón sin abrir, sin desguazar. El tío Marcelino amaba a la tía Maribel, pero todo el amor se le escurrió por el roto de los calcetines. Hay que remendar, coser, zurzirlo todo.

Eusebio llega a casa a las siete menos cuarto. A las siete y cinco llega Marcia. Él oye las llaves en la puerta, el ruido del metal, los pasos. La luz de la habitación está apagada: es verano aún. Por el balcón, abierto para airear, se escucha un murmullo callejero. Marcia entra despacio, sigilosa. «Eusebio», vocea, «¿estás en casa?»

Eusebio le responde con indolencia, fingiendo distracción. Se levanta con los brazos rígidos, angustiado, y va a su encuentro. Se la queda mirando fijamente desde el umbral de la habitación, la escudriña. No hay nada extraño en ella, pero Eusebio, por el ansia, desvaría: el color de los ojos le ha cambiado, las cejas son más anchas, los pómulos le brillan como si se hubiera maquillado. No está triste ni risueña, no quiebra los labios, no tiene sonrojo en las mejillas. En las manos no lleva nada: ni objetos ni cartas. El bolso en el que guarda sus cosas lo ha dejado, como siempre, en el vestíbulo, colgado en un perchero. Mira a Eusebio con descuido, le sonríe. Se acerca a él para besarle. «Qué calor», dice, señalando a la ventana. «Seguramente habrá tormenta.» Eusebio se pasa los dedos por el cuello para secar el sudor. No responde. La apura, la huele. Confía todavía en que le cuente algo, en que le hable de Guillermo. En el borde de la boca le ve un espasmo, una sombra parecida al carmín derretido. La mira más de cerca, aprensivo, y entonces ella se echa a reír, se aparta: «¿Qué te pasa?», pregunta. Eusebio se sosiega. Observa su risa y piensa que todos los indicios han sido un espejismo: la indolencia, la hosquedad, el espasmo de la boca. Quizá ni siquiera ha abierto el buzón. Quizá tiene la carta guardada en el bolso, sin leer. Eusebio, al cavilar, se marea: se le revuelve el estómago, se le pierde la vista en nieblas. Se tambalea hasta un sillón. Marcia, junto a él, le sujeta: es ella ahora quien está asustada. Le pone la palma de la mano en la frente para comprobar si tiene fiebre: frío, helor. «¿Qué te pasa?», vuelve a preguntarle. «¿Estás enfermo?» Eusebio respira con opresión, como si le faltara el aire. «Es el calor», dice. Poco a poco se va serenando. Marcia está a su lado y él no deja de mirarla en busca de una seña, de un barrunto. Lleva una blusa celeste medio abierta: el escote deja ver la blancura de los senos. Eusebio la acaricia, pero no siente nada. Cuando la vista se le afila otra vez, estudia su expresión, su compostura: le recuerda a esos personajes de película arteros y perversos, mujeres impostoras, esposas desleales que simulan, amantes de hampones, asesinas. Su dulzura, como si tuviera un velo en la piel, es de máscara, de embozo. Aunque aparenta desvivirse por él, Eusebio cree que piensa mientras tanto en Segismundo. Siente desamparo. «Quiero pedirte una cosa», dice susurrando, a punto de llorar. Marcia, expectante, le interroga. Le coge de las manos, le sonríe. Eusebio está temblando. Habla sin mirarla, espeluznado: «¿Quieres casarte conmigo?»

Desde dentro del portal, Eusebio espera a que salga el hombre. Está apostado en un rincón, junto al cuarto de basuras. Tiene entre las manos un periódico para distraerse, pero no se concentra en la lectura: levanta a cada instante la cabeza vigilando. A la hora de siempre, puntual, el hombre aparece. Lleva una cartera colgada del hombro en bandolera. Eusebio abre la puerta con cuidado y, después de salir, la sujeta para que no se cierre de golpe con estrépito. Tira el periódico a una papelera. La acera es estrecha y está tronchada en algunas partes por los alcorques de los árboles, que son retoños sin altura. Eusebio sigue al hombre. Desde el otro lado de la calle, a pocos pasos, le ve la espalda, la nuca. Camina recto, con el cuerpo muy tieso, como si tuviese algún daño en la columna. Cuando le ha espiado en su casa, sin embargo, planchando o haciendo ejercicios deportivos (flexiones abdominales, levantamiento de mancuernas), Eusebio no ha notado ningún padecimiento, de modo que esa forma aristocrática de andar debe de ser un porte espiritual o una manía.

El hombre camina deprisa, sin entretenerse en nada. Tuerce en dos esquinas: primero a la derecha y luego, a dos manzanas, a la izquierda. Allí está el metro, la boca subterránea. El hombre se mete, entre una muchedumbre. Eusebio se apresura, hace un trote para no perder su pista. Saca el billete de una máquina y, sin esperar las monedas del cambio que caen en el cajetín, pasa por el torno tras su presa. En el andén hay mucha gente. Cuando el tren llega, Eusebio se monta en el mismo vagón que el hombre y se esconde entre el tropel. Viajan hacia el sur. Hay trabajadores y estudiantes que van a su tarea. Todos los asientos están ocupados y junto a las puertas de uno y otro lado se producen aglomeraciones. Al cabo de seis estaciones, el hombre se baja. Eusebio va tras él. Metido en una hilera de viajeros, recorre pasillos y tramos de escalera. En otro andén, suben a un nuevo tren, del que se bajan enseguida. Después de más pasillos y escaleras, salen a la calle: el cielo se ha cubierto de nubes desiguales, de rasponazos grises. Están en la avenida de un suburbio: parterres, alamedas, edificios sin sustancia. El hombre camina apresurado. No se vuelve, no mira. Su porte es igual: reciedumbre, altivez. Por fin, entra en un portal acristalado. Eusebio se detiene. Husmea desde lejos: un vestíbulo grande con paneles, un conserje uniformado, macetones. Los ascensores, al fondo, son lujosos: hay tránsito de gente, ajetreo. Un motorista aparca ante la puerta y va hasta el mostrador con cartas y paquetes. Eusebio pierde de vista al hombre: se confunde entre la multitud, desaparece. No está desalentado: ya sabía que la misión sería espinosa y quizás innecesaria. Ha acudido cargado de paciencia. Mira los alrededores: bloques semejantes de oficinas, sucursales de bancos, autobuses. Al otro lado de la calle hay una cafetería. Eusebio va hacia ella. Se sienta en una mesa desde la que puede verse la puerta del edificio en el que entró el hombre. Pide un café y un bollo. Mientras los toma, vigila. No es probable que el hombre vuelva a salir ahora, pero prefiere no correr riesgos. En un cuadernito anota todo: la dirección, el nombre de la cafetería, la descripción de la calle. Cuando ha pasado un rato, paga el desayuno y vuelve al edificio, que ahora está tranquilo. El conserje, detrás del mostrador, lee una revista. Eusebio se acerca a él, con cordialidad, y le pregunta por una calle que no existe. El conserje, servicial, duda, se queda pensativo, y al fin responde: «No la conozco.» Eusebio se obstina: «Me han dicho que está por aquí.» El conserje le cuenta que aunque él lleva trabajando en el barrio muchos años, tampoco se sabe el nombre de todas las calles de alrededor, pues vive en otra parte de la ciudad. Eusebio le pregunta entonces amablemente dónde vive, y el conserje, contento de tener alguien con quien conversar, le explica que es propietario de una casa pequeña en una zona de la periferia. «La heredé de mis padres», dice con locuacidad. «Se vinieron del pueblo después de la guerra y se instalaron allí cuando aquello todavía era campo.» «Mis padres hicieron lo mismo», dice Eusebio abriendo la boca. «¿De qué lugar venían los suyos?», pregunta, emocionado. «De Ávila», dice el conserje con orgullo. «De un pueblo que se llama Avellaneda.» Eusebio hace un gesto de asombro. Guarda silencio durante un instante para acentuar el efecto dramático de su revelación. «Mis padres eran de Pedrazales de la Mora», dice inventando. «Una aldea que hay justo al lado.» El conserje, confuso, busca el recuerdo. Eusebio le alienta: «Son pocas casas, con una iglesia de campanario bajo.» El conserje, que rumia en su memoria, asiente, vacilante, con los ojos perdidos en la nada. Eusebio insiste con otra fantasía: «En la plaza había una fuente gigante con forma de pez.» Esa imagen fabulosa basta para convencer al conserje, que confirma con alborozo sus recuerdos: «Ya sé cuál es», asegura. «Mi padre, que en paz descanse, tenía allí algún amigo.» Eusebio se conmueve: «Qué pequeño es el mundo», dice.

Durante un rato siguen conversando con camaradería. Cuando llega alguna visita o algún recadero, interrumpen la charla para que el conserje les atienda. Eusebio aprovecha esos instantes para inspeccionarlo todo: los paneles del vestíbulo, los buzones, el remite de las cartas que han llegado. Le excita hacer acopio de toda esa información baldía, innecesaria. Se siente tan vivaz como un espía. Anota cada dato en su cuaderno.

A Julia le gusta regar la huerta que hay en la terraza. Se levanta temprano, cuando el sol clarea, y coge la manguera para mojar la tierra. Eusebio le ha enseñado: no se debe anegar, no es conveniente hacer charcos. Ella sujeta la boca del riego y espolvorea el agua. Algunos días se ensimisma y se le enfría el cuerpo: el otoño es templado, pero a esas horas hay bruma aún. A veces coge un trapo y abrillanta las hortalizas: lustra los tomates y los calabacines, les quita los restos de tierra sucia, los bruñe como si fueran reliquias de un museo. Luego se queda allí parada, apoyada en el pretil de la terraza, tiritando. Lleva sólo la ropa de casa: un camisón delgado, una bata. Ve cómo amanece: al frente no hay edificios, no hay ventanas encaradas. Desde allí se divisan las montañas: una línea ondulada e imprecisa que va cambiando de color. En los ratos que pasa en la azotea por las mañanas, solitaria, Marcia se vuelve melancólica. Cavila acerca de las cosas de la vida.

Cuando el sol ya está alto, vuelve a entrar y despierta a Eusebio. Camina de puntillas hasta la cama y aparta con cuidado la sábana para verlo desnudo mientras duerme. Se entretiene unos segundos en ese misticismo y luego le acaricia en el vientre con los dedos, le hace cosquillas y arrumacos. Eusebio se despereza muy despacio. Primero se revuelve con pesadillas, manotea, pero poco a poco va calmándose y abre los ojos. Al ver a Marcia, como si fuera un espíritu o una aparición angélica, sonríe: cierra de nuevo los ojos, se encoge por el frío y se arrulla a sí mismo en una duermevela. Sabe que Marcia se tumbará a su lado. Que le abrazará para que no se enfríe. Que le besará para que el aliento de la boca, amargo, se le alivie.

Eusebio espera al profesor a la salida de clase. «Necesito preguntarle una cosa», dice. El profesor, afable, se detiene junto a la puerta y abre los brazos. Es un hombre joven, de aire desmañado. «Dígame en qué puedo ayudarle», dice. «¿Hay algo que no ha entendido?» Eusebio niega: «Creo que he entendido todo bien. Es otro tipo de asunto menos académico.» El profesor mueve el cuello hacia adelante con curiosidad. Aguarda a que Eusebio hable. Los últimos alumnos salen del aula y se despiden. Los pasillos de la academia, a esa hora, son un hormiguero. «Necesito descifrar una contraseña y no sé cómo hacerlo.» El profesor abre la boca, sorprendido. Eusebio ve sus dientes descascarillados, las caries doradas que hay en sus muelas. «Eso es ilegal», dice ofendido. «No quiero meterme en líos.» Eusebio no tiene ánimo para tratar de persuadirle: quienes muestran tan rápidamente su virtud no están dispuestos a malograrla por razones. Saca del bolsillo de la americana un sobre y se lo pone al profesor en la mano. Él, desconcertado, lo coge. «¿Qué es esto?», pregunta mientras lo abre. Cuando ve el color de los billetes, vuelve a cerrarlo con prisa. Eusebio no quiere que se avergüence de aceptar un soborno. No quiere que se sienta miserable. «No se trata de un asunto ilegal», dice bondadosamente. «Es una contraseña que olvidé y que ahora necesito.» El rostro del profesor se dulcifica. Se le mueven las comisuras de los labios, sonríe. «En ese caso, no hay problema», dice. Guarda el sobre en su cartera y entra de nuevo en el aula detrás de Eusebio.

El hombre se llama Alfonso. Alfonso Márquez Bernal. Eusebio le observa con precaución desde uno de los pasillos del supermercado, que a esas horas, en la punta de la tarde, está lleno. El hombre empuja su carro y va echando en él productos de todo tipo: macarrones, arroz, vinagre, magdalenas, café molido. Se detiene en algunas baldas y estudia los envases, lee las características de las etiquetas. A veces se detiene para ordenar los bultos: los paralelepípedos apilados, las botellas en fila, los huevos y las cosas frágiles arriba. Tarda media hora. Cuando está seguro de que se ha aprovisionado de todo lo que necesita, va hacia las cajas y se pone en una de las colas. Eusebio, que está pendiente de sus movimientos, se coloca detrás de él. En su carro hay apenas un puñado de alimentos aleatorios: botes de tomate triturado, espárragos en lata, conservas de alcachofa.

Delante del hombre hay dos mujeres que esperan turno. Eusebio calcula los minutos que pasarán mientras les cobran sus compras: es el tiempo de que dispone para hablar con el hombre. Está nervioso, alterado, pero sabe que ya no es posible postergarlo. Le mira la nuca, el cuello recto, la espalda enhiesta, y luego, suspirando, se arma de valor y empuja su carro para que choque suavemente con el otro. El hombre, sobresaltado, se vuelve. «Perdón», dice Eusebio con modales exquisitos. «Se resbaló sin darme cuenta.» El hombre, cortés, acepta las disculpas con un gesto y se vuelve de nuevo hacia adelante. No le da tiempo a ver la mímica teatral que Eusebio hace, pero escucha sus palabras: «Su cara me resulta familiar», dice pensativo. El hombre le mira, le examina. Se encoge de hombros sin fastidio. «Vengo aquí cada semana», explica indiferente. «No», objeta Eusebio con firmeza, «le conozco de otra parte.» Y sin darle tiempo a dudar le habla del barrio en que trabaja, de su edificio de oficinas, del bar en que le vio tomar el desayuno con sus compañeros. El hombre, abrumado, asiente, y Eusebio, sin aguardar más, le alarga la mano, se la ofrece: «Eusebio», se presenta. El hombre vacila, pero no quiere ser desconsiderado. «Alfonso», dice. «Encantado.»

Mientras aguardan el turno, charlan de vulgaridades. Eusebio ha preparado el repertorio: la suciedad del barrio, la rehabilitación de algunos locales comerciales, la gritería que arman los borrachos en la calle los fines de semana. «La barriada en la que está tu oficina es mucho más tranquila», dice Eusebio, tuteando al hombre con naturalidad. «Por las noches las calles están desiertas», dice él mientras comienza a colocar sus alimentos en la cinta de la caja. «Parecen de una ciudad fantasma.»

Salen juntos del supermercado, acarreando las bolsas, y caminan un rato en la misma dirección. En uno de los cruces, por fin, Eusebio se despide afectuosamente. «Espero que nos veamos pronto», dice. Alfonso, con timidez, asiente, acepta el compromiso. Luego se separan, se van en direcciones diferentes, pero cuando Eusebio se vuelve, en un giro del camino, ve que el otro aún le observa. Se sonríen con complicidad o con vergüenza. Eusebio, sin pararse, dobla una esquina y sigue caminando. Después de un trecho, deja entre dos coches las bolsas de la compra, abandonadas, y busca un taxi para volver a casa.

Los sábados, Julia visita salones de banquetes. Al principio, en los primeros días, la acompañaba Eusebio, que ahora, sin embargo, se fatiga con esa peregrinación ceremoniosa. «¿Quieres de verdad casarte conmigo?», le pregunta a ella cuando regresa cada sábado decepcionada. Marcia se ríe. «Con pan y con cebolla», responde mientras le besa. Y luego le explica que los salones que vio eran demasiado estrechos o demasiado pretenciosos, que los menús le desagradaban, que el precio era excesivo. Eusebio siente a veces espinas, aguijones. Se pregunta si tendrá un amante, si pasará los sábados con él meándole en la cara. Cierra los ojos para no pensar en nada. Se dice a sí mismo, como si fuera una oración, que Marcia ya no existe, que quien le ama es Julia. Quiere olvidarla, pero no lo logra.

Durante uno de esos sábados, mientras está solo, Eusebio vuelve a encender el ordenador de Julia e instala el programa informático que le dio el profesor de la academia. Sigue sus instrucciones minuciosamente. Tarda sólo seis minutos en encontrar la contraseña: las iniciales de su nombre –jrd– seguidas de un número de cinco cifras que Eusebio no identifica. La teclea y el ordenador se inicia con normalidad. De repente, Eusebio siente angustia. Mueve el cursor con apremio buscando algo. Antes de abrir los archivos, mira el reloj: son las once y diez de la mañana y Julia no regresará al menos hasta la una, de modo que dispone casi de dos horas para husmear. Sabe que no debe hacer lo que está haciendo, pero a pesar de eso pulsa el botón del ratón y abre una carpeta que se llama "Documentos personales". Encuentra cartas, inventarios, archivos de contabilidad, currículos, facturas, fotografías y canciones. Hay una lista de prendas y objetos para preparar un equipaje, una guía de marcas de electrodomésticos con precios comparativos, un catálogo de salones de bodas, una relación de invitados y varios memorandos profesionales. Hay una memoria de gastos y un presupuesto de reparaciones de su casa. Hay, también, un directorio con teléfonos de personas –hombres y mujeres– que Eusebio lee sin hallar nada extraño. Después de rastrear exhaustivamente, descubre un archivo que lleva su nombre: "Eusebio". Vuelve a dudar si debe curiosear en él, pero no es capaz ya de actuar con raciocinio. Lo abre. Se trata del borrador de un discurso que Julia quiere pronunciar en la boda para agradecerle su amor y su generosidad. Mientras lo lee, Eusebio se pone a llorar. Siente odio hacia sí mismo por la profanación que ha cometido, pero no apaga el ordenador: la culpa será la misma si termina de explorar lo que le queda. Fisgonea en los mensajes de correo electrónico. Durante casi media hora, repasa las notas, avisos y recados que Julia ha intercambiado con sus amigos en los últimos meses. Tampoco en ellos hay nada que tenga interés: fruslerías, liviandades. Por fin, usa la herramienta del sistema que sirve para buscar palabras y trata de encontrar en los archivos alguna mención a Guillermo o a Segismundo: fracasa de nuevo. A las doce y cuarto, apaga el ordenador, lo guarda en su funda y vuelve a ponerlo donde Julia lo había dejado. No está contento, no siente alegría. Habría preferido encontrar alguna prueba o algún rastro. Alguna certidumbre.

En uno de los momentos de la parranda, Alfonso le ha contado que tiene en casa un whisky centenario: un regalo de alguien, de algún amigo distinguido. Ahora, cuando les echan del bar que está cerrando, Eusebio lo recuerda: «Podríamos abrir el whisky.» Alfonso está borracho y cabecea. «Para que no se fermente», aclara Eusebio, «para que no se llene de herrumbre.» Alfonso no discute: está ebrio, risueño, extasiado. Con la lengua muy hinchada, dice algo, y luego, dando tumbos, enfila hacia su casa. Eusebio, complacido, le sigue. Le coge por los hombros, como si fueran muchachos de ronda.

Al salón de la casa se llega atravesando un pasillo del que salen otras tres puertas. En las paredes hay cuadros parecidos al que Eusebio vio: escenas de caza, bodegones con frutas, marinas tenebrosas. El suelo es de losetas sintéticas y los muebles, sin estilo, están apolillados. Al entrar en el salón, Eusebio mira de inmediato hacia la calle. Las cortinas del balcón están descorridas y al otro lado, oscura, apagada, se ve la casa de Julia. «Siéntate», dice Alfonso, y le lleva hasta un sofá que hay en uno de los ángulos del cuarto. Eusebio registra todo aquello que desde el otro lado de la calle no podía divisar: una mesa pequeña, un revistero lleno de periódicos, dos sillones enfrentados, una librería con algunos volúmenes encuadernados en piel y adornos de cerámica, una lámpara de rinconera. Todo está pulcro, ordenado, pero en la superficie de las cosas hay láminas de polvo. Se nota el cerco de algún objeto, el círculo de un tazón.

Alfonso trae los vasos de la cocina y saca el whisky de un mueble con botellas que hay al lado del televisor. Lo sirve con largueza y luego alza su vaso para el brindis, pero no dice nada. «Por la vida», dice Eusebio, que sabe que en esas circunstancias es bueno el sentimentalismo, la pamplina. Después de beber, pregunta por la casa, admirativo. «¿Quién es esa mujer?», dice señalando una foto que hay sobre un velador, junto al teléfono. «Mi madre», responde Alfonso. «Murió hace seis años.» Eusebio se lamenta. Aunque durante la noche no ha bebido tanto como Alfonso, para estar sereno cuando llegase el momento de las pesquisas, tiene ya los ojos turbios. Paladea el whisky con escrúpulo. En la pared del frente hay un reloj: son las dos de la madrugada. Eusebio se levanta, urgido, y comienza con la farsa: mientras habla de banalidades, pasea por el cuarto, curiosea. Saca algunos libros del estante, los comenta. Alaba con cinismo el gusto con que está decorada la habitación, ensalza la pintura de la caza: la crudeza de la escena, el realismo de la sangre de los ciervos. Por fin, se detiene en el balcón y se queda, en silencio, contemplando. «Qué cerca están las casas del otro lado

113

de la calle», afirma sin volverse. Después, con carcajadas, con un gesto de compadre licencioso, dice obscenidades y pregunta: «¿Pueden verse mujeres desnudas en alguna ventana?»

Eusebio sabe que el resto de su vida depende de ese instante. Mira a Alfonso fijamente: sus labios entreabiertos, las manos que se mueven con el vaso. Tiene tiempo de darse cuenta de que las palabras que escuche de ese hombre servirán quizá para afligirle, pero no, en ningún caso, para librarle. Si Alfonso calla, si hila alguna guasa o alguna picardía, si cuenta historias triviales de mujeres, él seguirá buscando el laberinto: pensará que el otro se avergüenza o que ha olvidado, que es discreto, que la ebriedad le distrae. Seguirá dudando: la obsesión, el desvelo, la amargura.

Alfonso, sin embargo, le responde. Se levanta de golpe y, con vaivenes, camina hasta el balcón. Señala con un dedo tembloroso hacia la calle, hacia el otro edificio. Su voz es pastosa, coagulada. «Allí vive una puta», dice. «Una furcia que jinetea a los hombres, que los adiestra. Una hembra opulenta, de las que gustan. Usa látigo y cadenas. Es brutal, inhumana, despiadada.» A Eusebio se le dobla una rodilla y cae contra el cristal: hay un estruendo. Durante un segundo no sabe qué ha ocurrido. Siente una angustia parecida a la de la muerte: un frío punzante en las pupilas, un dolor que le roe. Lo que ve no es oscuro: un espiral colorido, un tornasol.

Alfonso corre a sujetarle y, al hacerlo, tira el vaso de whisky, que se estrella contra el suelo. Aferra con las manos el cuerpo de Eusebio, lo sostiene, y al levantarlo, con esfuerzo, lo abraza. Eusebio nota en su espalda los dedos revolviéndose, tentando, hurgando entre la ropa. Huele el aliento que le hocica: alcohol, amoniaco, pestilencia. Entonces le sube una arcada hasta la boca y vomita.

Amada señora: Desde que le escribí la carta en la que le explicaba las razones de mi abandono no he dejado de sufrir. Por las noches, concilio el sueño apenas durante dos o tres horas. Luego tengo que levantarme y vagabundeo por la casa como un fantasma, a veces llorando desolado. Si me acerco a la cuna en la que duerme mi hijo para velarle, siento una especie de resentimiento hacia él por haberme apartado de usted. Tengo entonces miedo de culparle de mis deudas y de mis flaquezas, y por lo tanto de verle crecer hostil. Cuando le miro, angelical, me viene la vergüenza de mis pecados, de las depravaciones que deseo, pero tal vez la vida sea esa porfía que nunca se resuelve. Porque en algunas ocasiones, estando con usted, arrodillado y vejado, me acordaba de repente de los días de mi infancia, de esos días soleados en los que jugaba con caballos de cartón o con balones hechos de papel, sin poder llegar a imaginar en esos instantes que en las alcobas cerradas con llave había mujeres desnudas haciendo sacrificios rituales para gozar, y que yo, ese niño inocente y rubicundo, andado el tiempo me pondría a sus pies para servirlas.
Concilio el sueño durante dos o tres horas, pero ni siquiera en ese tiempo dejo de pensar en usted. Las pesadillas son tal vez una forma del amor, una de sus pruebas más ciertas. Sin la coacción de la conciencia, los pensa-

mientos se vuelven más puros y, casi siempre, más terribles. Y si esto es así, debe usted saber que mi amor es imperioso y lapidario. No tiene ya los límites que tuvo. No está confinado ni impedido.

Siempre creí que usted habría encontrado otro servidor que la cuidara mejor que yo, pero ahora, engreído por mis padecimientos, he comenzado a pensar que nadie podrá complacerla como yo lo hacía. Perdóneme la soberbia. Los médicos dicen que el sufrimiento hace segregar al cuerpo unas sustancias que aturden el cerebro, que lo ofuscan. Tal vez es eso lo que me ocurre, pero tengo una determinación que nunca antes tuve. Mi orgullo, en lo que a su servicio se refiere, es categórico. Y por eso le escribo de nuevo, señora, aunque juré no hacerlo. Para ofrecerle mis cuidados y ponerme a sus órdenes. He meditado acerca de los castigos que sin duda tendré que soportar para pagar la deslealtad de estos meses. Sé que serán crueles, como usted había prometido, pero no quiero que el espanto —la cobardía— me aparten de su lado. Si no soy capaz de aguantar esos tormentos, de nada servirá la jactancia que tengo y la bravuconería con que hablo. Y usted hará bien, en ese caso, en repudiarme.

Le dejo en el remite un número postal, un apartado de correos al que puede escribirme. Bastará una palabra suya, una orden, para que yo me arrodille y obedezca. Déjeme probarle mi mansedumbre.

Esperaré desde este momento sus noticias. En vigilia o dormido. Como siempre, a sus pies,

Segismundo

Julia trabaja en una empresa de ropa juvenil haciendo planes de distribución: apertura de tiendas, promociones, catálogos publicitarios. A veces viaja para entrevistarse con los responsables de otras ciudades o para comprobar sobre el terreno el desarrollo de nuevos proyectos. Son viajes cortos, fugaces: coge un avión temprano, en la mañana, y regresa en el último vuelo a casa, o, en ocasiones especiales, si el destino es distante, pasa una sola noche fuera. Eusebio aprovecha uno de esos viajes –Julia, que asiste a una convención, dormirá en París– para registrar a fondo la casa en que vivía. Lleva herramientas y aparejos. Ha hecho un plano de la vivienda y ha anotado, en un margen de la hoja, la lista de posibles escondrijos. Quiere actuar de un modo sistemático, con orden, para que no haya errores.

Empieza con el suelo: tarima de madera, vieja, deslustrada. Se arrodilla en una esquina del vestíbulo y comienza a golpear suavemente en las tablas desde el lado de la puerta hacia dentro y desde la pared izquierda hasta la derecha, siguiendo un recorrido riguroso. Cuando el suelo suena hueco, suelta el martillo y comprueba que no hay una madriguera bajo él: apalanca las tablas con un estilete afilado para asegurarse de que no están sueltas. Hace esto, con el mismo método, en todas las habitaciones de la casa: el pasillo (a pesar de que considera improbable que a alguien se le ocurra colocar ahí un escondite), el salón (cerrando las cortinas para que nadie pueda verle), el dormitorio de Marcia y, por último, el baño y la cocina, que tienen suelo de terrazo. Aparta la cama, los sillones y los muebles. Tarda una hora, pero no encuentra nada: sólo algunas tablas despegadas.

A continuación registra con cuidado todos los armarios: cajones, aparadores, estantes, alacenas. Vacía cada uno de los anaqueles de la despensa, repleta de productos envasados, y vuelve a colocarlos luego tal como estaban. En el armario ropero, de luna, sólo quedan algunas prendas viejas y deterioradas. Eusebio examina los cajones midiendo con un metro el espacio exterior y el hueco interior de cada uno para cerciorarse de que no hay doble fondo en ninguno de ellos. Abre las maletas y los bolsos que encuentra en los altillos. Desarma las cajas de las persianas. Desmonta el zócalo de los muebles de la cocina. Descuelga los cuadros. Revisa las molduras de los techos y los marcos de las puertas. En ninguna parte descubre látigos, consoladores o mordazas. En una gaveta ha encontrado cartas y papeles confidenciales, pero no están los mensajes de Segismundo.

Al cabo de tres horas, Eusebio se sienta en el salón y cierra los ojos. Ya es de noche. Se escucha solamente el ruido de una televisión: una cantilena repetida e invariable. Piensa en Julia, que estará en el cuarto de su hotel en París. Piensa en Marcia. Piensa en Guillermo, en sus huesos muertos. Antes de marcharse, se acerca al balcón y abre con cuidado una rendija en las cortinas: al otro lado de la calle, en la casa de Alfonso, la luz está prendida.

Eusebio se levanta de la cama y se pone los calzoncillos pudorosamente. En el baño se lava la cara y, sin secarse, se queda mirándose al espejo: es ya un hombre viejo, marcado. Junto a la cama, en uno de los laterales de la habitación, está el minibar. Acuclillado, lo abre y examina su contenido. «¿Quieres algo?», le pregunta a Elena. Ella no responde: está ausente, embebida en sus remordimientos. Se ha cubierto con la sábana los senos, como las adúlteras atormentadas de las películas, y tiene los ojos perdidos en la nada. La habitación está en penumbra: la lamparilla de luz lánguida que hay en la mesilla de noche y la luminosidad mineral del frigorífico. Eusebio coge dos botellitas de whisky y las vacía en un vaso. Se mete de nuevo en la cama sin desnudarse. «¿Tú tienes algún secreto?», pregunta mientras bebe. Y enseguida añade: «Algún secreto inconfesable, algo que no puedas confiarle a nadie.» Elena se vuelve hacia él y le mira con desprecio: «Eres un hijo de puta», dice. Eusebio, sorprendido, se acerca a ella, mueve el cuerpo debajo de la sábana para ponerse a su lado, pero Elena, con los ojos reventones, le abofetea. «¿Por qué me has llamado?», dice con histerismo, con desasosiego. Luego rompe a llorar: se cubre el rostro con las manos, respira convulsamente, se encoge. Eusebio, sobrecogido, no se intimida: apura el vaso, lo deja sin cuidado en el suelo y se inclina sobre Elena para acariciarla. Le aparta el pelo de la cara y pasa por su espalda el brazo. La besa en los hombros, en la frente, en el dorso de las manos. «Te he llamado porque tenía ganas de verte», dice a su oído, en voz muy baja, con dulzura. Y, para que deje de llorar, le miente: «Porque te he echado de menos.» Ella solloza aún durante un rato, pero deja que el cuerpo, caído, abandonado, se acomode entre los

119

brazos de Eusebio. Poco a poco se va calmando. «Tú eres mi único secreto inconfesable», dice. «Nadie sabe que tú existes.» Eusebio le carmena el pelo sin decir nada. Piensa que los secretos son a veces insignificantes: naderías. Nunca ha visto una fotografía del marido de Elena. No sabe cómo es. No sabe si le ama. Antes, cuando se veían en casa de Eusebio, ella le hablaba de sus discusiones y de sus disgustos. Eusebio la escuchaba atentamente, complacido, como si en vez de ser su amante fuese su psiquiatra. En la cama la trataba con brutalidad, con esa fiereza de macho petulante que él cree que buscan siempre las adúlteras. Pero luego, durante el tiempo escaso que pasaban juntos hasta que ella se marchaba, la atendía con ternura: escuchaba sus quejas, sus desconsuelos, sus ensueños. «¿No tienes más secretos?», pregunta receloso, como si le decepcionara. Elena niega con la cabeza. «¿Ningún recuerdo de tu infancia? ¿Ningún deseo monstruoso?», insiste Eusebio. Ella se enrosca, se tumba de lado dándole la espalda. Guarda un silencio grave, pero se escucha el aire de una sílaba cortada. «A mí puedes contármelo todo», dice Eusebio, pasando un dedo por su espalda. «Yo no existo», agrega con una risa seca, bondadosa. «No es un secreto mío», dice Elena, «pero es monstruoso.» La voz se le rompe: «O tal vez sí es un secreto mío.» Eusebio, inmóvil, aguarda a su lado, con el torso incorporado sobre un brazo: sólo ve de refilón el perfil de Elena, la línea de su mejilla sofocada.

«Cuando cumplí dieciocho años empecé a estudiar en la facultad de Letras», dice ella por fin. «El primer día de clase conocí a una chica muy tímida que acababa de llegar a Madrid desde un pueblo de Andalucía. Se llamaba Celia y nos hicimos amigas enseguida. Yo me había matriculado en la carrera buscando una profesión, pero ella soñaba con ser escritora. Se pasaba el día y la noche leyendo, asistía a tertulias literarias y escribía relatos incansablemente. Un compañero de clase la cortejaba desde los primeros días. Al principio se dedicaba a mirarla embelesado durante las clases, vuelto hacia ella como si fuera Celia quien impartiese las lecciones. Luego se atrevió a hablarle y, al cabo de unos meses, se le declaró. Gabriel era muy parecido a Celia: un bohemio con la cabeza llena de pájaros y de sueños imposibles. A veces se comportaba de un modo extraño: tenía ataques de melancolía o dejaba de venir a la facultad y no cogía el teléfono. Pero Celia lo atribuía a su temperamento de artista. Decía que era un indomable y un romántico.» Elena hace una pausa. Eusebio, que contiene la respiración, no la apremia. Raspa su espalda con la yema de los dedos una y otra vez, monótonamente. «Fueron pasando los meses y poco a poco dejamos de vernos con frecuencia. Muchos días ellos no iban a clase. Yo, además, conocí en esa época a Arturo, mi marido, y empecé a salir por lugares distintos y a tratar con otra gente. Luego llegó el verano y me quedé embarazada. Arturo y yo decidimos casarnos. Al año siguiente, con el niño en la tripa, preferí no matricularme en la facultad, pues entre el parto y la crianza no sacaría ningún provecho de los cursos. Hablaba a menudo por teléfono con Celia, que me contaba chismes de los profesores y me recomendaba libros, pero no nos veíamos casi nunca. Un día, al salir del ginecó-

121

logo, me encontré en la calle a Gabriel, que salía también de la consulta de un médico. Le vi parado en mitad de la acera, con el gesto ido, y me acerqué a saludarle. Cuando le toqué en el hombro, sacudió la cabeza para volver a la realidad. Al reconocerme, sonrió con agrado y me abrazó, pero antes de que tuviera tiempo de hablarle, comenzó a llorar. Era un llanto desconsolado, rabioso. Me abracé de nuevo a él para tranquilizarle. Algunos transeúntes se detenían y se quedaban mirando. Yo le preguntaba, entre sus sollozos, qué le ocurría, pero entonces él comenzaba a llorar con más fuerza y con mayor amargura. Estuvimos así varios minutos, abrazados en medio de una calle como dos amantes que acaban de reconciliarse. Cuando por fin se serenó, le obligué a acompañarme a un café que había cerca y a explicarme cuáles eran las razones de su desesperación.» Elena se calla de nuevo. Gira un poco el rostro para mirar a Eusebio, como si desconfiara de su atención. Se ensaliva los labios. «Me enseñó unos análisis de sangre y me contó que tenía el virus del sida desde hacía dos años. Yo, que creía haber entendido mal sus palabras, hice que me las repitiera y examiné los papeles que me había dado, llenos de cifras médicas ininteligibles. Me lo repitió varias veces, hasta que acepté que no era una broma o un error. No sabía cómo se había contagiado, aunque al parecer durante una temporaba había andado de burdel en burdel sin demasiados miramientos. Desde que descubrió la enfermedad había llevado una vida más o menos normal, tratando de no atormentarse con la idea de la muerte. Pero los últimos análisis, que acababa de recoger, demostraban que había empeorado. En aquellos tiempos todo era oscuro. Los enfermos eran apestados, nadie quería acercarse a ellos. Me acuerdo de que yo misma, avergonzada, sentí repugnancia y aprensión al coger la mano de Gabriel para reconfortarle. Le pregunté que qué pensaba Celia de todo aquello. Se quedó callado durante un rato, con la cabeza caída, y luego me dijo que Celia no sabía nada. Nunca le había confesado la verdad. Lo había intentado varias veces al principio, cuando se conocieron, pero no había llegado a atreverse. Entre los hipos de un nuevo llanto, con el rostro desfigurado, me explicó que amaba a Celia más que a nada en el mundo y que no podría vivir sin ella. Tenía miedo de que, si se enteraba, le abandonase. Yo le escuchaba escandalizada. Mientras hablábamos sentí una náusea y pensé que podía abortar. Le pregunté, con cuidado de no herirle, si tomaba precauciones para no contagiarla. Gabriel se echó a llorar y me respondió que no. "Ella toma la píldora", me dijo. "Si yo me empeñara en ponerme un preservativo siempre, sospecharía." Su expresión, al contarme todo esto, era de terror. Se consideraba a sí mismo un asesino.» Elena, por tercera vez, interrumpe el relato y le pide a Eusebio que apague la lamparilla de la mesilla de noche y se tumbe a su lado. Eusebio la obedece. Aplasta su vientre contra la espalda de Elena y le pasa el brazo alrededor del cuerpo: le acaricia la clavícula, los senos. «Aunque le había prometido a Gabriel no hacerlo, quedé ese mismo día con Celia en mi casa y le conté todo. Ella casi no habló. Lloró un poco, sordamente, y me obligó a desabotonarme la camisa para ver mi tripa preñada. "Qué suerte tienes", me dijo mientras me besaba en el ombligo. Le pregunté qué iba a hacer, pero no me respondió nada. Estaba anonadada, sin conciencia. Cuando anocheció, se levantó para irse. Le pedí que se quedara a dormir en nuestra casa para no tener que ver ese día a Gabriel, pero con un gesto serio y juicioso rehusó la propuesta. La acompañé hasta la parada de autobús y le rogué que fuera prudente. No volví a verla nunca. Los siguientes días la llamé a todas horas, pero nunca era ella quien contestaba al teléfono, sino Gabriel, y entonces yo colgaba. Algunos días, aprovechando que el ginecólogo me había recomendado que paseara, me iba caminando hasta su casa y me sentaba en una cafetería que había enfrente del portal esperando verla salir o entrar, pero tampoco tuve suerte. Dos meses después me enteré de lo que había ocurrido.» Elena se calla una vez más y en el pasillo del hotel se oyen risas durante unos instantes. «Celia no le dijo a Gabriel nada, no le contó que sabía que estaba enfermo desde antes de conocerla. Se comportó de un modo extraño, fue desabrida y huidiza, pero él, que estaba también huraño y esquivo a causa de sus análisis, no se dio cuenta de nada. Celia fue al médico y se hizo las pruebas. Tardaron varias semanas en darle los resultados, y, como eran positivos, se las volvieron a hacer para asegurarse de que no había ningún error. Los segundos resultados fueron idénticos. En aquellos años, eso era una condena a muerte. Nadie se salvaba, era sólo cuestión de fijar el tiempo. Supongo que a Celia se le derrumbaron de golpe todos sus sueños. Debió de darse cuenta de que ya nunca escribiría esa novela perfecta que imaginaba poder escribir y de que nunca cumpliría el deseo de visitar la tumba de Nabokov en Suiza ni la de Stevenson en una isla del Pacífico. Un día, a la salida de las clases en la facultad, le pidió a Gabriel que la esperara un momento en la puerta del edificio porque tenía que subir al despacho de un profesor para entregarle un trabajo. El edificio, que todavía existe, tenía diez plantas. Celia subió hasta la séptima, abrió una de las ventanas del pasillo y se arrojó al vacío. Cayó justo delante del lugar en el que Gabriel estaba esperando. Fue él el primero que vio el cuerpo reventado.» El silencio de Elena se alarga. Eusebio está acariciando su vientre, su pubis, y ella separa los muslos. «¿Trató de matarle?», pregunta él cuando se da cuenta de que ha terminado de contar la historia. Elena niega. «No», dice, «si hubiera querido matarle le habría apuñalado o le habría puesto veneno en la comida. Lo que Celia pretendía era distinto. Quería atormentarle. Quería que viese su cuerpo despanzurrado, desmembrado, con el cráneo abierto y las vísceras envueltas en la ropa. Algunas personas llegan a sentir tanto odio que les parece que la muerte de quien aborrecen no es un castigo suficiente. La muerte es rápida, dura poco, pasa enseguida. Lo que Celia deseaba era que Gabriel viviera torturado. No sé si lo consiguió, porque él se volvió loco. Perdió la razón y tuvieron que ingresarlo en un manicomio. Yo estuve a punto también de perder la cabeza y de tener un aborto. Me culpé de lo que había ocurrido. Si no le hubiese dicho nada a Celia, tal vez hoy estarían los dos vivos, e incluso tendrían hijos.» Elena habla con la voz quebrada por el placer, se ensortija. Eusebio, sin detener la marrullería de sus dedos, la besa en la nuca, le muerde el pelo. «¿Ya no vas a casarte con esa mujer?», pregunta ella entre gemidos. Eusebio no responde.

Los casilleros de los apartados postales están en la planta sótano de la oficina de correos. Eusebio va siempre a las horas en que Julia está trabajando, pero a pesar de ello toma precauciones: se disfraza con una barba postiza y gafas oscuras, se pone ropa vieja y camina de una manera diferente, arrastrando los pies y encorvando el cuerpo. Antes de entrar da dos vueltas a la manzana, deteniéndose en las esquinas para ver si le siguen. Y desde la puerta de la oficina escruta uno a uno los coches aparcados en la calle tratando de distinguir si en alguno de ellos hay alguien observándole. Está convencido de que Marcia puede sentir la tentación de acudir allí para buscar a Segismundo y seguirle luego hasta su casa. No quiere que le encuentre a él, que le descubra.

Después de verificar que no hay nadie que le vigile, entra en la oficina y baja por las escaleras hasta el sótano. Tres mujeres, puestas en fila, esperan a que les den sus cartas certificadas o sus paquetes. Una de ellas se vuelve para mirarle cuando entra. Eusebio saca de un bolsillo interior de la chaqueta la llave de su casillero. No la guarda nunca en el llavero para evitar que Julia la vea: la esconde entre la ropa, en las páginas de un libro. Al abrir el buzón no siente nada: los primeros días se emocionaba imaginando que allí dentro habría una carta escrita por Marcia en la que se desvelasen por fin todos los arcanos, pero desde hace tiempo se ha resignado. El cajón de metal está vacío. Eusebio, sin decepción, vuelve a cerrarlo y guarda la llave en el bolsillo. Se pone las gafas negras y se ajusta la barba, que se le escurre por el labio. Sale de nuevo a la calle y, después de haber comprobado nuevamente que no hay nadie acechando, se aleja de allí apresurado.

Cada mañana, cuando Julia se va al trabajo, Eusebio enciende el ordenador y abre las páginas web de varios chats que ha ido descubriendo en los últimos meses. No está seguro de que ninguna de ellas sea la que usaba Marcia cuando conoció a Guillermo, pero a pesar de eso se sienta frente a la pantalla y aguarda pacientemente a que algún día ella vuelva a aparecer. Ha hecho una serie de razonamientos y de deducciones que, aunque desconsoladores, le parecen irrefutables. Según las conclusiones a las que ha llegado, Marcia reincidirá en su comportamiento tarde o temprano: buscará un amante al que maltratar y se citará con él a escondidas en su casa o en algún hotel. Eusebio quiere ser ese amante. Es una idea novelesca y romántica que le ronda desde que trata de averiguar quién es en realidad la mujer a la que ama: ser su esposo y a la vez su amante, ser el que la besa cuando regresa a casa y el que la complace en las alcobas.

Algunos días se siente desolado y cree que nunca la encontrará. Hay centenares de individuos –hombres y mujeres– que deambulan ilusoriamente por esas salas, de modo que buscar a alguien determinado es una tarea heroica: el azar, la fortuna. Eusebio cree que perseguir a Julia por París o por Londres sin conocer su dirección sería una empresa más sencilla. Podría al menos ver su rostro, reconocer su cuerpo en alguna calle. Aquí, frente al ordenador, busca a ciegas. Sólo tiene un nombre, una sombra.

Mientras espera a que aparezca Marcia, Eusebio se entretiene conversando con las personas que están conectadas en el chat. A primera hora de la mañana, cuando se sienta frente al ordenador, no hay apenas nadie en las salas: quince o veinte individuos cuyos apodos ya conoce y con los que ha hablado varias veces. Perineo es un hombre casado que, en la mitad de la cincuentena, busca mujeres jóvenes que le consuelen. Es cliente de prostitutas y conoce los mejores burdeles de Madrid. Markos es joven y está obsesionado con el incesto, pues, según cuenta, su madre le masturbaba a los trece años. Matahari asegura que es una mujer de mediana edad, pero Eusebio está seguro de que se trata de un hombre que sólo busca excitarse con conversaciones sicalípticas. A Rosacruz, la otra mujer que está habitualmente conectada al chat a esas horas de la mañana, la ha visto en una ocasión a través de la cámara web: es morena, con los ojos muy grandes y el pelo cortado a tijeretazos desiguales. No está casada y no desea ninguna relación sentimental. Se acuesta con un hombre distinto cada día, pero le gusta el sexo convencional, sin extravagancias. Tarantino es un jubilado bisexual que se pasa todo el día, desde la mañana a la noche, navegando por internet, viendo pornografía y hablando con extraños a los que trata de seducir. Titanio, Rick y Flamber son otros de los parroquianos de los chats, pero no participan casi nunca en las conversaciones.

Eusebio no busca citas sexuales. Sólo desea encontrar a Marcia. Mientras eso ocurre, sin embargo, aprovecha el tiempo para aprender. Quiere conocer la vida de los demás: sus aberraciones, sus intrigas, sus engaños. Por eso muchos días cambia su apodo –Segismundo– y se hace pasar por mujer ninfómana, por homosexual, por pederasta o por exhibicionista: Lavinia, Salomé, Gargantúa, Príapo, Justine. Embozado detrás de esas identidades imaginarias, intenta conseguir que los otros le confiesen sus deseos. Nunca tiene la certeza de si dicen la verdad o de si, como él, la inventan, pero la experiencia le ha refinado la perspicacia y sabe distinguir a algunos: los fingidores se describen a sí mismos sin defectos, seráficos, y jamás se niegan a ningún requerimiento, de modo que si alguien se muestra tibio o reticente, si se afea en algún detalle, si rechaza algo o pone restricciones, Eusebio deduce que es sincero. Él hace lo mismo para que le crean: se pinta algún menoscabo físico –muslos muy anchos, si es mujer; calvicie o vientre fláccido, si es un hombre– y finge algún remilgo ante los ofrecimientos que recibe.

En una carpeta escondida del ordenador guarda las conversaciones más obscenas que ha ido recopilando en esos meses, las que contienen relatos siniestros o libertinos de especial aspereza. PrincesaSucia está casada con un hombre impotente que no la satisface desde hace años. Ella es católica y no consiente el adulterio, pero estaría dispuesta a abandonar a su esposo si en-

129

contrara a alguien que la amase de verdad. Mientras tanto, para calmar las necesidades de la carne, tiene relaciones sexuales con su perro, un mastín de tres años que la monta cada día. PrincesaSucia no cree que eso sea una infidelidad, pues el animal no tiene alma. A Eusebio le contó sin rubor los detalles de la fornicación, el entresijo zoológico de sus amoríos con el mastín. Los perros, al parecer, tienen un hueso en el pene que le da consistencia y que les permite penetrar a la hembra antes de tener una erección. Cuando la han penetrado, en la parte posterior del pene se expande una especie de bulbo que lo ancla a la vagina para que durante la cópula no se salga. PrincesaSucia dice que parece como si la verga del mastín se anudara, como si se ensanchase. Ella se pone a cuatro patas, como una perra, y espera a que él la monte. Siente sus pezuñas en la espalda y luego, de inmediato, su miembro frío tentando a ciegas la boca de la vagina, moviéndose entre sus piernas mientras la encuentra. Cuando está acoplado, el mastín eyacula una primera vez y comienza a sacudirse sobre ella. PrincesaSucia no reprime sus gemidos. El perro aúlla. Al cabo de un rato, cuando ella ya ha tenido uno o dos orgasmos, vuelve a eyacular. El pene entonces se desamarra y el mastín se aparta. Antes de marcharse, como si fuera una terneza, le lame a PrincesaSucia el ano, las nalgas, los labios de la vulva. Ella, sin prisa, se deleita. Después se lava en el bidé, se perfuma, se viste y se ocupa de las tareas de la casa: cocina, hace la colada, compra provisiones. Sueña con encontrar a un hombre que la seduzca, que la bese, que la admire, pero no sabe si será capaz de privarse ya del

130

amor de su mastín. A Eusebio le ha confesado que le gustaría encontrar a alguien sin prejuicios que admitiese esos apareamientos y que incluso participase en ellos.

Martina se conecta al chat desde hace dos años, cuando enviudó. Tiene algo más de cincuenta años –Eusebio cree que pueden ser sesenta– y trata de rehacer su vida al lado de alguien, pero mientras llega ese momento no renuncia a los placeres venéreos transitorios. Un día estuvo conversando con un hombre durante más de una hora, primero de asuntos instrascendentes y luego, poco a poco, de carnalidades. Al final, excitados, decidieron verse, pero cuando el hombre le dio su dirección para que acudiera, Martina descubrió que se trataba de uno de sus vecinos. Con cierto embarazo, se presentó en la casa del hombre, que la recibió complacido. Sin demasiados preliminares, ella le hizo una felación. Luego, después del orgasmo, hablaron avergonzados de la casualidad, de la predestinación y de las convenciones sociales: tras tantos años de encuentros comedidos en el portal del edificio, habían acabado conociéndose de aquel modo tan artificioso. A partir de aquel día, Martina comenzó a visitar al hombre dos o tres veces por semana para aliviarle. Tan bien debió de hacerlo que él, chismoso, se lo contó a otro de los vecinos del inmueble. El nuevo caballero aprovechó la primera ocasión que tuvo para insinuarse ante ella, que sintió al mismo tiempo humillación y halago. Como este individuo estaba casado, subieron al apartamento de Martina, quien, bajo ruegos, le hizo también una felación. La fama de su disponibilidad y

131

de su pericia se extendió enseguida por el edificio: Martina atiende ahora a cinco caballeros, que visitan su casa sin avisar antes, apurados, a veces vestidos ya con el pijama.

Dorian, de diecinueve años, se llama en realidad Raimundo y se dedica a la prostitución. A Eusebio le refirió en el chat una historia tan llena de morbosidades y de truculencias que no la creyó, pero al cabo del tiempo, después de dos o tres conversaciones en las que el muchacho se mantenía empecinado, contando los hechos con la invariabilidad y la exactitud que sólo puede tener la verdad, quedó con él en un hotel, haciéndose pasar por un cliente, y comprobó que no mentía. A Raimundo comenzó a sodomizarlo su padre a los dieciséis años de edad. Los dos días de la semana que pasaba en su casa, cumpliendo la sentencia de divorcio, el padre, borracho, se metía en su cama, le abría las nalgas y le penetraba hasta saciarse. Pero a Raimundo le gustaba. Después del dolor de las primeras veces, aprendió a adiestrar las maneras brutales de su padre y a gozar de él. Un día, el padre volvió a casa acompañado de dos amigos con los que había estado de ronda, bebiendo, y, entre juegos y desafíos, les ofreció a su hijo para que se curaran de las destemplanzas de la noche. Le sodomizaron los tres. Raimundo, que no opuso resistencia, se afanó para satisfacerles. Fue ese día cuando a su padre, que estaba desempleado y lleno de deudas, se le ocurrió la idea de prostituirle. Raimundo acababa de cumplir diecisiete años. Era muy guapo: de piel morena, musculoso, con un vello tibio y leonado en el abdomen y en los muslos. Tenía los ojos verdes, de aguamarina, y los dientes muy rectos. Fue fácil encontrar personas que quisieran pagar por acostarse con él. Los días en que iba a la casa del padre, le esperaban allí, como en una mancebía, hombres y mujeres de todas las edades. Así pasó casi un año. Después se emancipó. Comenzó viendo a escondidas a algunos clientes que le llamaban a deshoras, en los días que pasaba en la casa de su madre, y luego, por ambición, alquiló un apartamento y se mudó a vivir a él. Desde entonces pone anuncios en los periódicos y ofrece sus servicios en varios chats de internet. Es un chico adinerado. Viste ropa cara, lleva un reloj ostentoso y bebe champán desde el desayuno. Se comporta con la despreocupación material que sólo puede conceder la opulencia. Eusebio, para poder citarse con él, fingió que deseaba un servicio sexual, pero cuando Dorian supo que en realidad sólo deseaba conversar frente a frente para verificar si todo lo que le había contado por el chat era cierto, no quiso cobrarle y se empeñó en pagar él mismo las consumiciones que habían tomado en el bar del hotel. A Eusebio le inspiró confianza: su bondad, su candidez, su conocimiento de los descarríos humanos. Y sin haberlo dispuesto, de aluvión, le contó la historia de Marcia. Le habló de Guillermo, de doña Isabel, del amor que sintió al ver a Julia. Le explicó los escrúpulos que tiene, el miedo que le atormenta cuando piensa en ella. Y luego, cuando teminó de relatarle todo, le interrogó. «¿Es una mujer normal?», preguntó. «¿Tendrá un amante? ¿Me seguirá queriendo aunque no me azote ni me humille?» Dorian no supo consolarle. «No lo sé», dijo. Eusebio se sofocó. Esperaba un diagnóstico, una doctrina. El consejo de un psicólogo. La admonición de un sacerdote. Sólo obtuvo, sin embargo, digresiones. «Las mujeres son muy extrañas», le dijo Dorian. «Cuando se enamoran, en lugar de perder la razón, como hacemos nosotros, la recobran. Es posible que no necesite azotar a nadie. Es posible que le baste con estar a tu lado.» En la puerta del hotel, al despedirse, se estrecharon la mano. Dorian le dio una de sus tarjetas. «Por si necesitas mis servicios», dijo.

Eusebio ha escrito las historias de PrincesaSucia, de Martina y de Dorian. Lo ha hecho sólo para no olvidar ninguno de sus detalles, sin demasiado esmero. Pero en algunas ocasiones se le viene a la cabeza la idea de componer un libro. Le impresiona la ferocidad de algunas depravaciones, el albur metafísico de la vida. Lo que más le fascina, sin embargo, es la oscuridad del secreto, el nudo negro que algunas personas tienen en el corazón. Se imagina a PrincesaSucia esperando en casa a su marido, preparándole la cena, hablando con él de cosas cotidianas. Se imagina a Martina recogiendo el correo que le da el conserje o subiendo en el ascensor del edificio con la mujer de alguno de los que la visitan. Se imagina a Dorian invitando a su madre a un restaurante o charlando en la calle con un antiguo compañero del colegio al que acaba de encontrarse después de mucho tiempo. La oscuridad del secreto, el nudo negro. Eusebio piensa en Marcia, en Guillermo. Piensa en Alfonso. Piensa en Gabriel, el amigo de Elena, y en Elena, que se cita con él en hoteles. ¿Todos los que viven a su alrededor esconden un secreto? ¿Todas las personas que ha conocido en su vida tienen el corazón cubierto por una telaraña? Violeta, Mónica, Patricia, la tía Maribel, Olivia, don Román. ¿Todos ellos tienen amantes degenerados o enfermedades contagiosas? ¿Todos ocultan crímenes? Eusebio recuerda a la niña de Bangkok: pechos sin relieve, vientre flaco, cuello quebradizo. ¿Es ése su propio secreto? ¿Las fantasías indecorosas que siente hacia esa niña, los recuerdos impuros de algo que no ocurrió son su telaraña?

Eusebio se sienta frente al ordenador cada mañana. A veces usa apodos asexuados y abstractos –Ling, Inmortal, Tabú, Tótem– que le permitan, sin recelos, dirigirse a hombres y a mujeres. En otras ocasiones prefiere la osadía, la provocación: Mesalina, Siervo, Castrador, Lucrezia, Masoch. Siente fiebre, desazón, fragilidad. Siente miedo.

Uno de esos días, mientras vagabundea por los chats, ve de repente en la pantalla del ordenador el nombre que busca: Marcia. El vaso del que Eusebio bebe whisky se le suelta de la mano, rueda hasta el suelo sin romperse. Como si fuera un anciano con la visión borrosa, acerca los ojos a la superficie de la pantalla y lee de nuevo: Marcia. La respiración se le seca, los brazos le tiemblan. Tarda un poco en reaccionar, pero al fin pulsa sobre el nombre para abrir una ventana de diálogo. «Hola», escribe. Transcurre casi un minuto antes de que Marcia le responda: «Hola.» Eusebio se apresura a continuar: «¿En qué ciudad estás?», pregunta. «En Madrid», dice ella. «¿Qué edad tienes?», escribe con apresuramiento Eusebio. «Eso no se le pregunta tan deprisa a una mujer», coquetea Marcia. «Perdona», se disculpa Eusebio. Luego escribe: «Sólo quería saber si eres alguien que conozco», pero antes de enviar el mensaje se arrepiente y lo reescribe: «Sólo quería saber si eres una mujer de las que me gustan.» Marcia le sigue el juego: «¿Cómo son las mujeres que te gustan?» Eusebio se da cuenta de que puede oír sus propios resuellos, de que su cuerpo, vestido con el pijama, está crispado. Se levanta de la silla deprisa, recoge el vaso y va a la cocina a por un trapo para secar el suelo. Coge otro vaso y sirve whisky hasta la mitad. Después responde: «Me gustan las mujeres que están a punto de llegar a la madurez. Las mujeres que tienen cuarenta años, más o menos.» «Entonces tal vez yo pueda gustarte», dice ella misteriosamente. A Eusebio se le apiñan las ideas. «¿Estás casada?», pregunta. «¿Buscas una mujer casada?», pregunta ella a su vez. «¿Eres uno de esos cerdos que sólo disfrutan poniéndole los cuernos a otro hombre?» Eusebio insiste: «¿Estás casada?» Ahora ella se demora en la respuesta: «No», escribe al fin. «Lo estuve, pero me divorcié hace dos años.» Eusebio, confortado, se deja caer sobre el respaldo de la silla. Mira a la pantalla fijamente, desde lejos. Al cabo de unos segundos, cuando se le desvanece el contorno de las figuras, se da cuenta de que está llorando. El esternón vuelve a dilatársele. La máquina del cuerpo recobra el pulso. «Las divorciadas sois muy ardientes», escribe. Está sonriendo. «¿Tu nombre es Marcia?», pregunta. Conversan durante una hora. Eusebio sigue haciendo indagaciones para comprobar que esa Marcia no es la Marcia que él busca. Ella le envía varias fotos: es una mujer de rostro ancho, guapa, con los ojos muy finos. Tiene los hombros rectos, como si fueran varoniles, pero el pecho, cubierto en las imágenes con una gasa transparente, está todavía erguido. Eusebio siente euforia al ver las fotografías. Se apacigua. Cierra el chat.

Desde hace varias semanas, Eusebio no puede dormir. Se acuesta después de la medianoche, al mismo tiempo que Julia, pero tarda mucho en conciliar el sueño: cavilaciones, dudas, reconcomio. Poco a poco se le va aletargando la conciencia, pero no llega a dormirse profundamente: sigue viendo figuras, imaginando a criaturas que le hablan, tratando con espectros. Luego, al cabo de dos horas, se despierta sobresaltado, como si tuviera algún presentimiento o escuchase alguna alarma. Se queda con los ojos muy abiertos en la oscuridad. Escucha la respiración de Julia y, más lejos, crujidos de madera o murmullos indescifrables: las tuberías en los muros, la dilatación de los muebles, la vibración de cristales sacudidos, el tráfico lejano. Durante un rato, vuelve a cerrar los ojos e intenta dormir de nuevo. Se coloca en una postura cómoda. Inspira y espira con regularidad, al ritmo de un metrónomo imaginario. Deja caer el cuerpo con todo su peso sobre el colchón. Y trata de cubrir su cerebro con un lienzo blanco: pensar únicamente en la nada, en el espacio vacío. Pero no consigue dormirse. Empieza a sentir los músculos doloridos por la rigidez, y el cuerpo, flojo, se le agarrota. La respiración pierde el compás, se vuelve gruesa y asfixiante. Eusebio, por fin, abre de nuevo los ojos, despabilado, y, con sigilo para no despertar a Julia, se levanta de la cama. Algunos días se sienta a leer en un sillón o enciende el ordenador para entrar en el chat. Otros días se pone a cocinar o hace fotografías absurdas: las marcas de un techo, las patas de una mesa, el dibujo de la sal derramada, su propio pie desnudo. Muchas veces se queda de pie frente al acuario mirando cómo duermen los peces tendidos en el fondo, con los ojos abiertos.

Eusebio ha visitado al médico varias veces para pedirle somníferos. Las primeras pastillas que tomó no le sirvieron de nada: la misma duermevela, el mismo sobresalto a las pocas horas. Las segundas pastillas le aliviaron durante una semana: se quedaba dormido en cuanto se metía en la cama, antes incluso de que Julia hubiera tenido tiempo de despedirse de él, y, aunque con un sueño agitado, zozobrante, permanecía sin conciencia durante cinco o seis horas. Al cabo de los siete días, sin embargo, como si se tratara de un embrujo, las píldoras dejaron de hacer su efecto: Eusebio volvió a dormir livianamente, con pesadillas, y a despertar después de dos horas sin remedio.

En la tercera visita, el médico, desorientado, le preguntó si era un hombre feliz. «Los narcóticos de mi última receta sirven para hacer dormir a animales», le dijo. Eusebio se quedó callado, enfrascado en un meandro. «¿Y usted, doctor?», preguntó sin sarcasmo, sin desabrimiento. «¿Usted es feliz?» El médico se echó a reír. «No», respondió al cabo de unos instantes, con los labios todavía torcidos por la hilaridad. «Pero yo duermo a pierna suelta.» Luego le hizo otra receta diferente y se la dio. «Estas pastillas no son letárgicas, sino estimulantes», le explicó. «Es posible que en los primeros días duerma aún peor, pero si comienzan a hacerle efecto todo cambiará enseguida.»

Eusebio compró las pastillas en la farmacia, leyó el prospecto y las tiró a una papelera. Sabe que no es feliz, pero no cree que eso pueda curarse con pócimas y medicamentos. Vuelve a desear que un cirujano le extirpe las ideas del cerebro: los sesos al aire, el filo del acero en el encéfalo. Ésa es la maldición que no se alivia con narcóticos ni con brebajes: recordar siempre, pensar en algo sin poder abandonarlo. Eusebio se acuerda de cómo era su vida antes de conocer a Julia: indolente, serena, placentera. Amaba a muchas mujeres, buscaba empleos que le divirtieran, paseaba perezoso por Madrid, hurgaba en tiendas y planeaba viajes a los confines del mundo. Se levantaba cada día, como los holgazanes, a media mañana, y haraganeaba por la casa sin preocupaciones: leía el periódico del día anterior, se tumbaba un rato a ver la televisión o estudiaba los mapas de Colombia y de Sudáfrica para preparar una ruta turística. Ahora, en cambio, sólo alimenta pensamientos de carnicero: quiere tener el corazón de Julia sobre una mesa y abrirlo en canal para ver qué hay dentro. Carnearlo con un cuchillo muy fino, cuartear sus ventrículos, separar el miocardio, el pericardio y las membranas. En un libro de Marguerite Yourcenar, Eusebio tiene subrayada una frase que leyó hace muchos años, cuando aún no podía imaginar que llegaría a amar a Marcia: «Un corazón es tal vez algo sucio. Pertenece a las tablas de anatomía y al mostrador del carnicero. Yo prefiero tu cuerpo.» Pero el cuerpo es también sucio y puede ser desmembrado en la tabla del carnicero, en una mesa de mármol blanco. Eusebio no sabe si los secretos se guardan en el corazón o en el hígado. Tal vez los de Julia estén en la boca de la vagina, en el clítoris, en el fondo del útero. Por todo eso no es capaz de dormir.

El hombre es muy joven, pero Eusebio piensa que tal vez para realizar ese trabajo sea provechoso no tener demasiada edad: resulta más fácil enmascararse y la resistencia física es mayor. «¿Cuántos años hace que se dedica a esto?», pregunta Eusebio. El hombre sonríe con indulgencia, como si estuviera cansado de escuchar siempre esa pregunta desconfiada. «Doce años», responde mientras enciende un cigarrillo. Y para aclarar todas las dudas que, por su experiencia, sabe que hay detrás de la interpelación, añade: «Comencé muy pronto: a los diecinueve años.» Eusebio siente de repente antipatía hacia él. El hombre, displicente, está recostado en su sillón de cuero, inclinado hacia atrás, y fuma sin haber pedido permiso para hacerlo. Tiene el pelo engominado y peinado con una raya muy recta, de tiralíneas. Usa camisa ceñida, con sus iniciales bordadas en el pecho, y lleva tirantes. La corbata, con el nudo bien cerrado sobre el cuello, es de seda y tiene la marca dibujada en el anverso para que se conozca la distinción de quien la luce. «A esa edad sería sólo un aprendiz», dice Eusebio con hostilidad. El hombre ríe, pero no rehúye el envite: «En esta profesión, uno siempre es aprendiz.»

Antes de que el fastidio crezca, Eusebio abre la carpeta que ha llevado y empieza a entregarle al hombre, una a una, las fotografías que hay dentro. El hombre las mira fugazmente y las va apilando en el escritorio, frente a él. Al final, después de ver la última, las cuenta: «Seis», dice. «Seis personas. ¿Son una familia, una empresa? ¿Una compañía teatral? ¿Una orquesta de cámara?» Eusebio no mueve los músculos de la cara, no muestra ninguna emoción. «No se conocen de nada, no tienen ningún vínculo», dice. El hombre hace una mueca con los labios: extrañeza, curiosidad, intriga. «¿Qué quiere que investigue?», pregunta al fin, cuando ve que Eusebio permanece callado. «No lo sé», responde Eusebio. «Quiero que busque algún secreto, algo turbio.» El hombre paladea sin prisa el humo y luego habla: «¿Adulterios?» Eusebio es perentorio, irreverente: «Investigue también los adulterios, pero los adulterios son banales. Todo el mundo tiene alguno a sus espaldas. Me interesan cuestiones más siniestras, más sórdidas, más escandalosas.» El hombre, desperezado, se incorpora y empuja con los dedos el filo de las fotografías para extenderlas en abanico sobre la mesa. Se ven los rostros incompletos, partidos por la mitad. «¿Qué tipo de cuestiones?», pregunta engolosinado. Ya no hay insolencia ni engreimiento en su expresión. Eusebio se encoge de hombros y mira hacia otra parte, como si reflexionara. Al cabo de un instante, enumera con indecisión: «Incesto, proxenetismo, estafa, violación, secuestro, chantaje, asesinato.» Durante unos segundos, guarda silencio. Luego continúa: «Conozco a una mujer que se acuesta con su perro mastín todos los días y a un hombre que se deja mear en la boca. Busco secretos como ésos. Quiero saber si alguna de las personas de las fotografías ha estado en la cárcel por un delito o se acuesta con menores de edad o ha pagado a sicarios para que pegaran una paliza a un enemigo.» El hombre, incrédulo, se sujeta las manos en los tirantes. «¿Tiene algún indicio de que puedan haberlo hecho?», pregunta silabeando. Eusebio niega con la cabeza, impávido. «En estos asuntos nunca hay indicios», dice con aplomo, como si fuera una autoridad en la materia. «Se sabe la verdad o no se sabe nada.»

El hombre vuelve a examinar las fotografías. En el dorso, escrito a lápiz, están los nombres y las direcciones exactas de cada uno: Patricia, Olivia, Violeta, Alfonso, don Román y Alberto Diermissen. Julia no está. No quiere que nadie, salvo él, conozca los secretos de Julia. «¿Quiénes son?», pregunta el hombre. Eusebio le va explicando, uno a uno, los detalles que conoce. «Alberto Diermissen dirige el despacho de abogados que fundó su padre, que fue mi tutor legal hace años. Se ocupan de temas civiles y penales.» El hombre separa la fotografía de Diermissen, que está muy granulada, y la contempla. «¿Es el más deshonesto?», pregunta después de haber elegido con cuidado el calificativo. «No lo creo», responde Eusebio. «Las apariencias siempre engañan. Los que parecen más prudentes suelen ser los más libertinos.» Hace una pausa y, con aire cínico, añade: «Pero de moral criminal sin duda sabe usted mucho más que yo.»

Suena el teléfono, pero el hombre no lo coge. Sigue estudiando las fotografías, inclinado sobre la mesa, con

142

los ojos muy cerca del papel. Eusebio sabe que es una argucia para entretener el tiempo mientras recapacita. «Esto le costará mucho dinero», dice por fin. «Son seis personas diferentes. Seis vigilancias, seis investigaciones.» Eusebio está serio, señorial, majestuoso. «Tengo dinero suficiente, no se preocupe», responde con orgullo. «Lo que quiero saber es si usted tiene recursos para hacer todas las indagaciones necesarias.» Y después de un instante agrega, con énfasis: «Quiero saber si puedo confiar en usted.» El hombre da un respingo, se pasa la palma de la mano por el pelo liso. «Puede confiar en mí», dice imperioso. «¿Cuánto tiempo le hará falta?», pregunta Eusebio sin intimidarse. El hombre duda, echa cuentas, delibera. «Tres meses, quizá cuatro», asegura. «Pero le iré enviando informes mensuales si averiguo algo importante.» Eusebio asiente, se abotona la chaqueta, se levanta. De uno de los bolsillos saca un fajo de billetes y lo pone encima de la mesa, junto a las fotografías. «Un adelanto, en efectivo», dice. «Para cubrir los gastos y los sobornos. No quiero que deje de investigar ninguna pista por falta de dinero.» El hombre sonríe petulantemente, como al principio de la reunión. Coge los billetes con una mano y los peina con el pulgar: el papel hace un ruido seco. «Es posible que no encuentre nada de lo que usted busca», dice. «No hay mucha gente que folle con perros o que atraque bancos.» Eusebio mira a las manos del hombre, que siguen sujetando los billetes. «En ese caso habré malgastado mi dinero», afirma. Luego se da la vuelta y se dirige hacia la puerta sin despedirse. «Me llamo Max», dice el hombre. Eusebio no se vuelve, pero asiente.

143

Julia, que ha puesto velas en la mesa, con candelabros, le explica la receta: los calabacines se abren por la mitad transversalmente, se pasan por la sartén para dorarlos, se rellenan de tomate picado, de queso y de hilos de zanahoria, se condimentan con orégano y se meten en el horno durante media hora. «Los arranqué yo misma esta mañana», dice entusiasmada mientras abre la botella de vino. Huele a hierbas, a comida caliente, a especias suaves. Julia sirve el vino y comienza a partir sus calabacines, que humean. Eusebio, en silencio, aguarda. «¿Qué te pasa?», pregunta ella. «¿No tienes hambre?» En su voz hay decepción. Eusebio coge los cubiertos con desgana y hace una mueca para sonreír. Julia se lleva un bocado a los labios y lo sujeta durante unos instantes en los dientes para que se enfríe. Luego habla: «Si prefieres otra cosa, podemos preparar carne o huevos. Pero pensé que te haría ilusión comer los calabacines de la huerta.» Eusebio trata de mostrar alegría, devoción, pero su gesto es agrio. Corta un trozo de calabacín y lo mastica. Asiente con aprobación, retuerce la lengua para manifestar su deleite, murmulla. El entrecejo, sin embargo, no se le espulga. Julia, sin dejar de comer, le observa, inquieta. Bebe vino. Durante unos minutos sólo se oye ruido de cubiertos: metal en loza, cristal, frufrú de telas. Aunque hay una lámpara encendida en un rincón, la luz que llega al rostro de Eusebio es la de las velas: le afea, le acuña las líneas de los pómulos. «¿Qué te ocurre?», vuelve a preguntarle Julia, que deja sobre el plato el tenedor sin

144

haber terminado. Eusebio tritura despacio la comida que tiene en la boca. Mira hacia el plato, hacia el pie del candelabro, hacia la llama. «Tengo que contarte algo», dice en voz muy baja. «¿No quieres casarte ya conmigo?», pregunta ella precipitadamente. «¿Es eso lo que pasa?» Eusebio la mira entonces a los ojos, asustado, y niega: «No, no. Quiero casarme contigo. Es lo único que quiero.» Pasa entre las copas una mano para coger la de Julia, para calmarla. El chispazo de la vela hace un brillo en sus ojos: está llorando. «¿Qué te pasa?», pregunta de nuevo entre sollozos. Eusebio la contempla sin responder y piensa en Marcia, en la mujer que jinetea a los hombres, que los maltrata. Como si fuera una sugestión erótica, se imagina a Julia llorando mientras hace restallar el látigo. «Me he acostado con una niña», dice de repente. Aprieta la mano de Julia con su mano. A ella se le seca el llanto, deja de respirar. Abre los ojos con espanto, pero enseguida se domina: el asombro, la pasión, el arrebato. Eusebio tarda en reanudar su cuento. Finge vergüenza, agobio. Aparta la mirada. Suelta por fin la mano de Julia y se separa de ella: se recuesta en la silla, se pasa los dedos por los labios. Habla con sordina: «Fue en Bangkok. Acababa de ver un templo e iba paseando por la calle, fijándome, como siempre, en todo lo que había alrededor. Bangkok es una ciudad alegre, bulliciosa, y en algunos barrios turísticos está llena de color y de tentaciones visuales.» Julia le atiende impaciente, sin comprender bien el sentido descriptivo del relato. «En un portal vi a una mujer muy hermosa que me estaba mirando», continúa Eusebio. «Me quedé embelesado y después de un rato crucé la calle y me acerqué a ella. Aún no te conocía, yo era un hombre soltero y libre», indica a modo de disculpa. Y, después de una pausa que acentúa eso, prosigue: «Cuando iba aproximándome ya noté que había algo raro en ella, pero hasta que no estuve a su lado no me di cuenta de que era una niña. Enseguida apareció un individuo que me ofreció sin rodeos la posibilidad de acostarme con ella a cambio de dinero. Dije que no y salí corriendo de allí, horrorizado, pero me siguió hasta la puerta del hotel y empezó a contarme la historia trágica de la niña, que se había quedado huérfana hacía un año y no tenía una cama propia en la que dormir. Su vida de cada día dependía de los turistas con los que se acostara.» Eusebio bebe un sorbo del vino y deja de nuevo la copa en la mesa. En esta ocasión la interrupción se alarga: quiere que Julia crea que está dudando o que los remordimientos o la cobardía le detienen. «Al final logró convencerme», dice con abominación, como si hablara de otra persona. «Le acompañé de vuelta hasta la casa y entré dentro. La niña estaba en un patio, esperando. Era muy guapa. El hombre me dijo que tenía dieciséis años, pero no tendría más de trece. Su cuerpo estaba sin hacer, sus caderas eran todavía estrechas, sus pechos no habían crecido. Nos encerraron en un dormitorio y pasé con ella casi dos horas. No tuve ninguna moderación, no hubo miedo ni arrepentimiento. No me sentí malvado», dice mirando a Julia a los ojos durante un instante. La lentitud cada vez mayor de las frases hace pensar que ha concluído la confesión, pero aún le falta el proverbio final: «Uno nunca cree que la maldad pueda cometerse con caricias.»

Los restos de los calabacines están fríos. Las llamas de las velas florean. Eusebio piensa que antes de sentarse a la mesa debería haber puesto música para que el silencio no abrumara. «¿Te gustan las niñas?», pregunta Julia, cabizbaja. «Quiero decir que si te gustan tanto como para que algún día deje de gustarte yo», tartamudea. «Porque si es así podríamos hacerle una consulta a Gorgonio, pedirle consejo. Estas cosas tienen remedio, se acaban curando», añade con los ojos húmedos. Eusebio se levanta de la silla con diligencia y va a abrazarla por la espalda: la besa en la nuca, en el cuello. «¿Cómo puedes decir eso?», susurra con una impostación sentimental, abarquillando la voz. «¿Por qué me lo has contado ahora, entonces?», pregunta Julia sin sacudirse el abrazo, sin moverse. Eusebio, tembloroso, contiene la prisa. Pone los labios cerca de su oído y quiebra la voz: «Porque quiero que lo sepas todo acerca de mí antes de que sea tarde», dice. «Porque no quiero que haya ningún secreto terrible que me atormente.» Está a su espalda y no puede ver sus ojos, pero nota en su cuerpo el estremecimiento, el escalofrío. Eusebio sabe que está pensando en Segismundo. «Porque no quiero hacerte daño.» Julia permanece quieta, con la cabeza caída. Sus uñas están clavadas en los muslos. Respira con boqueadas cortas y tranquilas. «Siéntate otra vez, por favor», le pide a Eusebio. «Quiero verte.» Él la suelta y va despacio hasta su silla. Mientras está aún de pie, coge la copa de vino y bebe hasta apurarla. Luego se acomoda y aguarda a que ella hable, pero Julia sigue callada. Transcurre un tiempo tenso, desavenido, roto. Eusebio escucha el compás de un reloj, la varilla del segundero desplazándose. «Mi madre decía que contando la verdad te vuelves puro, que purgas los pecados que hayas cometido», dice Julia. Eusebio, que la vigila, tiene la sensación de que no ha movido la boca: palabras de ventrílocuo. «Iba a la iglesia a confesarse todas las mañanas. No sé lo que le diría al cura, qué culpas le contaría, pues en un solo día es difícil pecar tanto. Pero ella volvía a casa reconfortada, feliz, como si fuera aún joven y pudiese comenzar a hacerlo todo de nuevo.» Eusebio siente desaliento, lástima de sí mismo. «¿Tú crees que eso es cierto?», pregunta ya sin rumbo. «¿Crees que es cierto que contando la verdad purgamos los pecados?» Julia se levanta de la silla, se despereza, mira al frente. Sonríe tibiamente, como si aquella conversación no fuera de asuntos graves. Las pupilas aún le relumbran, pero ya no hay lágrimas. «No», dice mientras bebe, y Eusebio oye la resonancia del cuenco de la copa. «Yo creo que la verdad es muchas veces perniciosa.» Luego, con viveza, se levanta y coge los dos platos. «Voy a ponerlo un poco más en el horno, se ha enfriado», dice.

No hay encabezamiento: *Yo debería haber imaginado, señora, que cualquier súplica que le hiciera sería desatendida. Su naturaleza es la crueldad y no puede, por lo tanto, amparar a nadie, no puede condescender. Tal vez yo habría tenido que rogarle lo contrario de lo que deseaba, y así, por engaño, me habría complacido. Tal vez habría tenido que pedirle que nunca me acogiera, que me apartase de su vida. De ese modo, quizás habría tenido la fortuna de que me buscase y de que volviera a tomarme a su servicio. Es el dilema que hay siempre en el vasallaje: se da escarmiento con lo que en realidad es una recompensa o, al revés, se premia castigando, y nunca se sabe, en fin, si lo que se obtiene es una merced o una sanción.*

He tenido noticias, además, de que va a casarse. Ya no vive en el apartamento al que yo iba para satisfacerla, sino en la casa del hombre que será su esposo. No sienta inquietud: la espío solamente por amor, por fatalidad, pero no habrá ningún daño en mis actos. ¿Es él mejor criado que lo fui yo? ¿La hace gozar más de lo que yo lo hacía? ¿Es solícito, obediente y generoso? Le tengo envidia. Le maldigo. El amor desairado, señora, es otro dilema, otra paradoja: deberíamos sentir alegría por la felicidad de la persona a la que adoramos, pero sólo sentimos celos, resentimiento y repugnancia. Es posible que mi franqueza la escandalice, pero no creo que en el amor haya filantropía. La dicha de los demás sólo nos agrada si somos parte de ella. Si no, nos causa tristeza y aborrecimiento.

Dígame una sola palabra, se lo ruego. Un escarnio, un insulto, una ofensa, lo que quiera, pero hábleme. Dígame que siente asco al recordar mi cuerpo apaleado, enrojecido por sus manos. Dígame que mi lengua no tenía destreza suficiente o que mi sumisión era demasiado envanecida. Dígame una sola palabra y me apartaré para siempre de su vida. Es lo único que ahora, rendido ya, puedo pedirle: una despedida.

Eusebio mira el mapa del mundo: Perú, Costa Rica, el estrecho de Magallanes, Brasilia, Jamaica, los lagos de Michigan, Alaska, el desierto de Ayers Rock, Borneo, la isla de Pascua, Manila, Bangladesh, Mongolia, San Petersburgo, Tanzania, el Mar Rojo, Senegal, Estambul, Polonia. Quiere elegir un lugar en el que Julia se deslumbre, un sitio extraño y fascinante: encantamiento, alucinación, hipnosis. Eusebio pasa el dedo por el mapa y piensa que lo que en realidad desea es vivir con ella en otra parte, en una ciudad en la que Segismundo no haya estado. Quiere bautizar a Julia, echarle agua por la nuca para que olvide todo. Petra, Barranquilla, California. Aldeas abandonadas o metrópolis futuristas. Paisajes exóticos, idiomas incomprensibles, ropas estrafalarias. Comidas repulsivas o extraordinarias: insectos, perro, tiburón, lagarto. Eusebio quiere que Julia vuelva a nacer en ese viaje: la luna de miel de Adán, el principio, la raíz, la génesis. Muchas noches, cuando se despierta y deambula por las habitaciones, se pone a imaginar una casa diferente: un apartamento de paredes acristaladas en un rascacielos de Shanghái o una cabaña solitaria en mitad de la Amazonia. Tiene la tentación de creer que allí el corazón no estará cubierto por una telaraña, que se habrá deshecho el nudo negro, pero sabe que no es cierto. Sigue buscando en el mapa. Goa, Nueva Zelanda, Montevideo.

Eusebio alquila un coche para seguir a Julia. Ella le ha dicho que cenará en un restaurante con Victoria, con Sofía y con Natalia, tres amigas de juventud a las que ve a veces. No le ha invitado a acompañarla. Nunca lo hace cuando se cita con ellas: «Es una cena de mujeres», dice riendo. «Tenemos muchas cosas de las que hablar a solas.» El coche es pequeño y de color oscuro, discreto. Eusebio lo recoge a media tarde y conduce hasta la oficina de Julia. Aparca en doble fila enfrente del portón del parking en el que ella guarda el coche. Se pone una barba postiza y gafas de sol. Coloca sobre el volante un periódico y aguarda pacientemente a que sea la hora. A las siete comienzan a salir vehículos con regularidad, pero Julia no sale hasta las ocho y veinte. Ya está oscureciendo.

Eusebio arranca y la sigue desde cerca, pegado a ella. Cuando ve algún semáforo en ámbar, acelera para que el corte de la circulación no les separe. Julia conduce sin prisa. Enfila hacia el centro de la ciudad. En uno de los tramos, cerca del Viaducto, el tráfico se espesa. Los coches avanzan muy despacio. Desde su asiento, Eusebio ve cómo Julia se retoca los labios y el maquillaje de los ojos.

A las nueve en punto, Julia aparca en un estacionamiento público de la calle Mayor. Eusebio aparca lejos de ella, para no comprometerse, y luego la sigue a distancia. Lleva una gabardina nueva y ropa que Julia no ha visto nunca. Se pone un sombrero que ha comprado para la ocasión. La barba y las gafas completan el disfraz. Aunque ella se vuelva de repente y le mire, es imposible que le reconozca. Caminan durante diez minutos hasta Casa Ciriaco. Ella entra. Eusebio espera unos instantes en la acera sin saber qué hacer. Desde la calle no se ve el interior del restaurante, sólo un mostrador en el que hay una clientela bulliciosa. Eusebio dobla la esquina para examinar la otra fachada, pero tampoco puede atisbar nada. Por fin, al cabo de un rato, entra y pide una cerveza. Se acoda en la barra con el cuerpo ladeado hacia la pared, de modo que si acaso Julia volviera a salir imprevistamente no pueda descubrirle.

En los siguientes minutos llegan al restaurante varios clientes. Uno de ellos es una mujer sola. Eusebio no conoce ni a Victoria ni a Sofía ni a Natalia. No puede, por lo tanto, identificarlas. Pide otra cerveza y come algo. Después, una cerveza más. Al cabo de media hora se decide a entrar en el restaurante para espiar. Paga la cuenta y, a pasos cortos, cruza la puerta que separa la sala del comedor interior. Hay varias mesas ocupadas. En ninguna de ellas ve a Julia. Avanza hasta el fondo y encuentra, a la izquierda, otra sala. Uno de los camareros se ofrece a acomodarle. Él se disculpa: «Estoy buscando a alguien», dice. Y en ese momento ve a Julia. Está sentada en un rincón, en una mesa escondida. Junto a ella hay tres mujeres que ríen y picotean de un plato de fiambres. Eusebio las observa durante un instante: no hay sillas libres, no falta nadie en el convite. Luego da media vuelta y regresa al coche paseando.

Tiene que esperar casi dos horas hasta que Julia regresa. Escucha música, lee el periódico. Llega incluso a dormirse durante un rato, pero al despertar, sobresaltado, comprueba que el coche de ella está aún en el mismo lugar. Cuando al fin aparece Julia, Eusebio se adelanta a sus movimientos para mantener la cautela: paga el importe del estacionamiento y saca el vehículo a la calle, donde la aguarda. Ella no se demora. Su coche sale rápidamente por la rampa e inicia su ruta. Desde el primer instante Eusebio se da cuenta de que se dirige a casa. Cuando no tiene ninguna duda de ello, se desvía por una bocacalle y conduce temerariamente para adelantarla y llegar antes. Aparca en el primer hueco que encuentra y corre hacia el portal. Cuando llega a casa, se desnuda deprisa y se pone el pijama. Enciende la tele, se tumba con desgana en el sofá. Julia tarda aún diez minutos. Es la una de la madrugada. «Hola», dice Eusebio. «Qué pronto has vuelto.» «Somos mujeres mayores», dice ella mientras se descalza y se masajea la planta de los pies. «Ya no aguantamos los excesos.»

Se hace llamar Padrastro. Eusebio no le había visto nunca antes en los chats. Abre un cuadro de diálogo para conversar con él. Es mediodía, pero no tiene ganas de comer: la desesperanza, el agotamiento del insomnio, la apatía. «¿Qué buscas aquí?», escribe. Padrastro tarda sólo unos segundos en responder. «Eres demasiado impaciente», dice, y, sin pausa, continúa: «Me gusta tu *nick*.» Añade una pregunta: «¿Eres hombre o mujer?» Eusebio, que conoce todas las artimañas del juego, titubea: ha sido cogido a contrapié. Ese día su apodo es Tabú. «¿Por qué te gusta el *nick*?», pregunta a su vez para ganar tiempo. Padrastro es rápido en la respuesta: «Me atraen las cosas prohibidas.» Para recobrar la inciativa, Eusebio escribe: «¿Qué tipo de cosas prohibidas?» Padrastro, sin embargo, no se deja guiar, no tuerce su curso: «¿Eres hombre o mujer?», repite. Eusebio duda. «Hombre», escribe. «Soy un hombre y tengo cuarenta años.» Mira a la pantalla fijamente, entreabre los labios para que la respiración sea silenciosa. «Yo tengo cincuenta», escribe Padrastro. Eusebio sonríe. «A mí también me gusta tu *nick*», dice agradecido. «¿Te trae algún recuerdo?», pregunta Padrastro. Eusebio se acuerda de repente de don Julián Diermissen, el tutor que administró su herencia hasta que fue mayor de edad. Don Julián nunca vivió con él, no le adoctrinó con recomendaciones morales, no empleó castigos ni coacciones para educarle. No fue, en rigor, un padrastro. «Sí», responde. «Me recuerda mi juventud, cuando mis padres murieron. Me recuerda al hombre que cuidó de mí.» «¿Era severo?», pregunta Padrastro. Eusebio sabe que no tiene por qué decir la verdad: la invención es más provechosa. «Era muy severo», responde. Padrastro no da tregua en sus indagaciones: «¿Te pegaba?» Eusebio quiere torcer el derrotero que está tomando la conversación, pues no desea ser él quien dé respuestas, sino quien interrogue. «Nunca me pegó», dice. «Pero quizá me habría gustado que lo hiciera.» Y antes de que Padrastro tenga tiempo de replicarle, escribe: «¿Tú tienes hijos?» Por primera vez hay una pausa larga: un minuto, dos minutos. «No son mis hijos», dice por fin el otro. «Son los hijos de mi mujer.» Eusebio, resuelto, le pregunta sus edades. Padrastro vuelve a responder, como al principio, con presteza: un chico de once años y una chica de doce. Y a continuación, ganándole de nuevo la mano a Eusebio, comienza a interrogarle acerca de asuntos peregrinos: sus horarios laborales, sus opiniones políticas, las drogas, el terrorismo, la prostitución, los grupos juveniles violentos, el espionaje. Eusebio responde a todo con perplejidad, pero al cabo de un rato empieza a aburrirse de esa conversación sin rumbo y toma la decisión de terminarla. En ese momento, sin embargo, Padrastro recupera la cordura. «Has pasado la prueba», escribe. «Quería comprobar si eras policía.» Eusebio tiene un escalofrío. Presiente algún enredo cenagoso. «No soy policía», dice. «Bastaría con que me lo hubieras preguntado.» «Si fueras un policía de los que busco no me habrías dicho la verdad», le explica Padrastro. «En Nueva York, que es una ciudad parecida a Sodoma, hacen muchas orgías en casas privadas, en esos grandes apartamentos sin paredes. Hay sexo sin límites, alcohol en exceso y drogas a granel. Invitan a todo aquel que quiera acudir, pero cuando llega un desconocido diciendo que se ha enterado de la fiesta por un anuncio en internet o por un aviso de un amigo, le obligan a enseñar los genitales en el rellano de la escalera antes de permitirle entrar. Lo hacen para evitar las redadas policiales. En las leyes de la ciudad, el exhibicionismo público es un delito, de modo que si el visitante desconocido es un policía no se atreverá a cumplir lo que le piden, pues estaría infringiendo la ley, y si en cualquier caso lo hiciera quedaría inmediatamente inhabilitado como autoridad para detener a nadie.» Padrastro ha ido contando todo esto con frases cortas que van saltando en la pantalla de Eusebio: escritura precisa, cuidadosa, sugestiva. Eusebio, concentrado en el relato, se pregunta a sí mismo por qué nunca ha estado en una de esas fiestas cuando ha ido a Nueva York. «Y yo te he enseñado ahora los genitales, supongo», dice por fin. «No exactamente», responde el otro. «Tengo modos menos pornográficos de averiguación.» El cuento de Nueva York es seguramente falso, pero a Eusebio le ha cautivado. «¿Puedo entrar ahora en la fiesta?», pregunta. «Un niño de once y una niña de doce», dice Padrastro. Durante unos segundos, Eusebio cree que hay un error en la respuesta: quizá Padrastro está hablando al mismo tiempo con algún otro miembro de la sala del chat y ha confundido los mensajes. Pero no hay enmienda. Eusebio, entonces, encanilla los hilos de la conversación para entenderla. «¿Ésa es la fiesta?», pregunta. Padrastro es escueto: «Sí», dice.

Eusebio respira hondo y va deprisa hasta uno de los muebles para servirse un poco de whisky. Bebe un sorbo y se queda mirando a la pantalla sin saber qué hacer. Piensa en la niña de Bangkok, en el hombre que la vendía. Aguijado, teclea varias frases, pero las borra todas. Ve sus dedos tiesos sobre la mesa. Vacía el vaso y se sirve más. «¿Te has asustado?», pregunta Padrastro después de un rato. «¿Nunca has estado en una fiesta con niños?» «Muchas veces», responde Eusebio sin premeditación. «Son las mejores fiestas.» Tiene los párpados hinchados y las venas capilares de las pupilas muy rojas. Quiere acostarse y dormir. Pone las manos sobre las teclas y las deja caer. En una de las esquinas de su escritorio hay una fotografía de Julia: un retrato de estudio, antiguo, casi juvenil, que Eusebio le quitó de uno de sus álbumes cuando lo vio. En esa imagen tiene el pelo ondulado, peinado seguramente a la moda de aquella época, y mira hacia un lado, de medio perfil.

Eusebio se queda un rato observando la foto, con los ojos idos en la nada. «¿Cuándo es la fiesta?», pregunta. Padrastro le responde enseguida: «Cuando tú quieras.» A partir de ese instante, intercambian con rapidez los mensajes, como si la tarea de cortejo se hubiera acabado. «¿Dónde está la madre?», pregunta Eusebio precavido. «La madre murió hace muchos años», responde Padrastro. El vaso de Eusebio está vacío. Cuando se sirve un poco más piensa, como un adolescente, que Julia verá menguada la botella al volver a casa, que le preguntará, que le olerá el aliento. Está exhausto, aturdido.

Hay ochenta y siete invitados repartidos en once mesas. La mayor parte de ellos son familiares de Julia: su padre, que vive en un pueblo de Navarra, su hermana mayor con su marido y sus dos hijos, su padrino Gorgonio, sus tíos con sus respectivos cónyuges, sus primos, y algunos otros cuyos lazos de consanguineidad Eusebio no logra averiguar. Hay tres personas ancianas que han sido convidadas por cortesía del padre, para corresponder a alguna invitación semejante, como se hacía en las bodas antiguas. El resto son amigos y compañeros de trabajo. Eusebio hubiera preferido una celebración privada, casi íntima, pero cuando lo dijo, a Julia se le saltaron las lágrimas de tristeza: ella había soñado siempre con un banquete, con una ceremonia llena de música, con entrar en la sala del brazo de su padre.

Eusebio ha invitado sólo a siete personas: a Olivia, a Patricia, a Alberto Diermissen y a cuatro amigos antiguos con los que sigue citándose de vez en cuando para recordar los viejos tiempos y emborracharse. Diermissen y tres de los amigos han acudido con sus mujeres o sus novias. Eusebio invitó también a Elena, pero ella rechazó el ofrecimiento, pues tendría que darle a su marido explicaciones inoportunas. «Eres un hombre solitario», le dijo con ternura Julia mientras hacían el reparto de las mesas, el rompecabezas de comensales. Eusebio sonrió con melancolía. «Soy un eremita», dijo. «Un cavernario.»

En la mesa principal, junto a ellos, están el padre de Julia, su hermana y el padrino Gorgonio. La tarta es grande, de cinco pisos, y la espada que les dan para partirla reluce en la hoja. Los invitados, puestos en pie, vocean y aplauden. Eusebio, con las manos de Julia entrelazadas alrededor del puño de la espada, ríe con la boca muy abierta. En ese instante no recuerda nada, no tiene tribulaciones ni pesadillas. Por primera vez en muchas semanas, la noche de la víspera ha dormido en paz, con un sueño profundo y plácido. Le ha desaparecido la sombra violácea de las ojeras, la tumefacción de los párpados. Tiene un rostro beatífico, sereno, y los acompañantes de la boda, que gritan celebrando mientras los novios cortan la tarta, creen, al verle, que es un hombre dichoso y que no tiene pesares.

No bailan un vals, sino un bolero: se apagan las luces de la sala y en el centro, bajo un foco refulgente, Eusebio y Julia zapatean. Abrazados, con las mejillas muy cerca, hacen en el suelo la figura de la danza. Una canción romántica, una música de amor desesperado. La gente les mira bailar sin decir nada: hay un silencio teatral. Julia tiene los ojos puestos en la oscuridad. Cuando le cae una lágrima por el borde de la nariz, hasta la boca, suelta uno de los brazos de la ligadura del baile y se la seca con un dedo para que el maquillaje no se desbarate. Al final, en el remate de la canción, ellos se besan y los invitados vitorean. Vuelven a prenderse las luces y suena un pasodoble.

Eusebio pasa por las mesas saludando a algunos invitados, brindando con ellos. Hacen bromas, ríen a carcajadas, recuerdan algún lance del pasado. Olivia está sentada sola, con la silla vuelta hacia la pista de baile. En la mano tiene una copa. Eusebio se acerca a ella y, con una reverencia, le alarga la mano: «¿Bailas?», le pregunta. Olivia niega con la cabeza. «Estoy bien aquí», dice. «Me gusta mirar a la gente.» Eusebio se sienta junto a ella y la examina: tiene una expresión nostálgica, doliente, pero no está triste. Los ojos le chispean. En esos acontecimientos festivos se recuerda siempre a los muertos, a aquellos seres a los que algún día amamos y ya no siguen con nosotros. Olivia seguramente está pensando en Guillermo. «¿Cómo está Erasmo?», le pregunta Eusebio. Ella alarga su sonrisa, la retuerce. En su rostro, de golpe, se borra la añoranza: habla de su hijo. Cuenta que es travieso, que come como un tragantón, que va ya a la guardería, que habla en torrente, con palabras inventadas. Cuenta que le lee antes de dormir libros de filosofía o tratados históricos. Cuenta que cuando se despierta en medio de la noche, sin hacer ruido, va hasta su cama, se sube arriba con equilibrismos y se acuesta junto a ella.

Mientras hablan, llega Julia, con el rostro conges-

tionado por la risa o por el exceso. Eusebio, obligada-
mente, las presenta. «Ésta es Nicole», dice. «Mi amiga
americana.» Julia le estrecha la mano y luego le da dos
besos en la cara. Se sienta en el regazo de Eusebio, ju-
bilosa, y le pasa uno de los brazos por detrás del cuello.
«¿Tú no quieres bailar?», le pregunta a Olivia. «Me
gusta mirar a la gente», repite Olivia. Julia, desenfada-
da, trata de bromear: «¿A alguien en particular?», pregunta. Olivia hace un gesto: complicidad, fastidio,
pesadumbre. «No», dice. Eusebio pellizca con disimulo a Julia en el lomo de la espalda para que no continúe
por ese rumbo. Se callan los tres, entonces, y miran de
través a los que bailan. Eusebio desmenuza el trance,
el yerro: Marcia y Olivia sentadas frente a frente, conversando. Las dos mujeres de Guillermo hablando de
las peripecias de la vida.

    «Debes de ser una mujer admirable», le dice Olivia
a Julia. «Has logrado que el gran soltero se enamore.»
Julia se ríe y besa a Eusebio, complacida por la broma. Julia hace entonces una burla: «¿De quién se ha
enamorado?», dice, y ríe ella misma la guasa antes de
que Olivia, divertida, la celebre. Hablan las dos durante un rato de Erasmo, de sus progresos, de sus fechorías,
y Olivia les pregunta luego si ellos van a tener hijos.
Eusebio no dice nada. Julia se encoge de hombros, se
revuelve. «No hemos hablado nunca de eso», afirma
con asombro. «Pero somos ya demasiado mayores para
esas andanzas», añade mirando a Eusebio, besándole
en la frente para buscar su aprobación. «Sois jóvenes
todavía», dice Olivia, halagadora. A Eusebio le cruza
por las mientes la imagen de Marcia, vestida sólo con

160

medias y ligueros, amamantando a una criatura en el salón de su casa, en un rincón hogareño. El pensamiento es fugitivo, frágil, pues en ese momento llegan unos compañeros de trabajo de Julia alborotando y se la llevan a rastras a bailar. Antes de marcharse, vuelve a abrazar a Olivia. Las dos contraen, con urbanidad, el compromiso de reunirse un día. Eusebio se inquieta, se descompone, pero enseguida se percata de que esos acuerdos jamás se cumplen. A él también vienen a buscarle: barahúnda, jácara, aleluya. Se va entre brincos y cabriolas.

Petra significa "piedra". No hay construcciones ni edificios, sino huecos excavados en la roca: palacios y templos escarbados. Al ver desde el desfiladero, al fondo, las columnas y los frisos de la Tesorería, Eusebio se conmueve. Aprieta la mano de Julia. Es muy temprano y aún hay poca gente. El sol, oculto desde que entraron en el cañón, resurge allí, en la fachada. Caminan muy despacio para demorar la fantasía: el trazo del prodigio, la arquitectura augusta, la madriguera. Cuando llegan a la encrucijada, se detienen. Eusebio tiene, como los niños encandilados, la boca abierta. No habla. Examina la montaña roja, el grosor de los fustes, las figuras humanas que adornan los intercolumnios, los trenzados vegetales en los capiteles. Se imagina a cientos de hombres labrando la piedra, royéndola con picos y punzones, dando forma a la ladera. Eusebio gira la cabeza y mira una vez más hacia el desfiladero, por donde en ese momento llegan sudorosos algunos turistas alemanes.

Es un paisaje colosal, excesivo, y en medio de él se siente con euforia. Coge a Julia por los hombros y piensa que el amor es eso: llegar a los lugares acompañando a alguien.

Pasan todo el día, hasta que comienza a esconderse el sol, recorriendo la ciudad. Visitan las tumbas, los templos, las cuevas. Alquilan un burro para subir hasta el Monasterio. Julia, asustada, se agarra a la crin, se balancea. Eusebio, detrás de ella, se ríe, la escarnece. Los turistas andarines les adelantan, resoplando. La pendiente, en algunos tramos, es casi vertical, pero las bestias suben sin pararse. Cuando llegan arriba, a la explanada, contemplan embobados la fachada del edificio, gigantesca, y se sientan luego frente a ella en un bar que los beduinos han instalado en una cueva. Beben en silencio, satisfechos, mirando cómo el sol va cambiando los colores de la piedra: arenisca roja, ocre, amarillenta. Después, antes de bajar de nuevo a lomos de los burros, trepan a unas rocas para ver el horizonte: un panorama de acuarela, desvaído y portentoso.

Desde que han llegado a Jordania, Eusebio duerme como un niño. Hace el amor con Julia cada noche y luego, después de trazar los planes en el mapa y de leer algunas páginas de la guía turística para no desorientarse en la visita, se queda dormido sin aviso, con el libro entre las manos, sin apagar la lámpara. Ronca bocarriba. Julia le observa, enternecida: le quita de los dedos la guía, le arropa con cuidado, le besa en el pelo suavemente. A la mañana siguiente, cuando ella se despierta, él sigue aún dormido, con el cuerpo aplastado contra la cama como si la ley de la gravedad lo arrastrase más fuerte, lo absorbiera. Entra en el baño sin hacer ruido, se ducha, se viste, y después, por fin, cuando ya está lista, descorre las cortinas para que la luz le avive y se sienta junto a él, en el borde de la cama: le sopla en el rostro, le acaricia, le destapa. Eusebio a veces sonríe antes de despertar del todo. Se encoge, rezonga, se aletarga. Se va desperezando poco a poco. Algunos días abraza a Julia y vuelve a desnudarla. Ella se resiste, protesta: ríe alborotada.

Allí, en las llanuras del desierto o en las ruinas de Jerasha, Eusebio no se acuerda ya de Marcia ni de Padrastro. No piensa en las vergas de los perros ni en incestos. Bracea en las aguas del Mar Muerto, salta hacia arriba tomando impulso para poder hundirse: agua de plomo, viscosa, impenetrable. Julia se tumba de lado sobre la superficie y hace poses, juguetona. No hay olas, y aunque el aire está helado, de tormenta, el agua es cálida. Eusebio nada algunos metros y luego, bocabajo, hunde la cabeza dentro y cuenta los segundos. El tiempo pasa más despacio: un mar gigantesco y estancado, un piélago inmóvil. Al abrir los ojos ve el fondo borroso y vacío, pero enseguida tiene que cerrarlos por el escozor de las pupilas. Mientras bracea sumergido, piensa en metafísicas: una vida sin curso, sin corrientes que la lleven. Saca la cabeza para no ahogarse y llena los pulmones. «¿Hay monstruos submarinos?», le pregunta Julia cuando llega junto a ella. «Es imposible», dice Eusebio, chapoteando. «Aquí nada puede hundirse, todo flota. Ni los monstruos son capaces de esconderse.» Y al terminar de decirlo se arrepiente.

No siente miedo al encender el ordenador. No piensa que vaya a haber tentaciones ni extravíos. Cree que todas las flaquezas que tuvo en los últimos meses están vencidas, que ninguno de los delirios que padeció volverá a apoderarse de él. En el vuelo de regreso desde Ammán, mientras Julia leía una novela de detectives o dormía, él estuvo cavilando: la verdadera sustancia de la vida es su superficie, su apariencia, de modo que no tiene sentido sufrir por lo que está oculto o buscar lo recóndito. No fue una revelación mística, sino un raciocinio. Eusebio tenía la sensación de que desde que había conocido a Julia había entrado en una ciénaga oscura o en una sima de la que salían galerías cada vez más estrechas y angostas que se comunicaban unas con otras. Túneles negros en los que no podía ponerse en pie, en los que el aire estaba podrido. Se había arrastrado por ellos sin rumbo, y al final, cuando ya no esperaba encontrar una salida, se había abierto de repente una embocadura por la que se emergía de nuevo a la superficie. Eusebio pensaba en los nabateos de Petra: picos y punzones para cavar pasadizos, para construir grutas, para resquebrajarlo todo.

El ordenador parpadea y se enciende. Eusebio echa comida a los peces del acuario y toma luego un café mientras se estira en la silla. Abre las páginas de siempre con parsimonia: el correo electrónico, los anuncios de contactos, el chat. Abre también varios sitios de ofertas de empleo: ha hecho propósito de volver a trabajar en algo que le reanime. Aunque sólo han transcurrido dos

164

semanas desde la última vez que consultó sus cuentas de correo, están llenas de mensajes. Eusebio se queda sorprendido y ojea los avisos con ansia: no hay nada sobresaliente. Dorian le cuenta alguna de sus últimas aventuras –las más obscenas o las más escandalosas– para que las añada al repertorio de su libro pornográfico, si finalmente se decide a escribirlo, y le pregunta por sus averiguaciones acerca de Julia. Padrastro le ofrece una cita y, ante la falta de respuesta, le escribe tres veces más en los días siguientes interesándose por su estado y, al final, reprochándole su silencio. Eusebio se palpa la carne. Piensa en las ruinas de Jerasha, en los castillos abandonados del desierto, en las cuevas de Petra. Piensa en el fondo fangoso del Mar Muerto, en el agua empozada. Sigue leyendo mensajes mientras el ánimo se le anubla. Imagina su propio cerebro lleno de larvas que van creciendo entre los surcos, en nidales grises: gusanos que se arrastran por la esfera de los ojos, por el velo del paladar, por el cartílago de la nariz.

Con la constancia de un muñeco autómata, Eusebio lee los nombres de los individuos que participan en el chat. Hay una mujer que se hace llamar Cruella. Abre una ventana de diálogo para hablar con ella. Comprueba, antes que nada, que no es Marcia, que no es Julia. Después le pregunta por sus gustos sexuales, por sus amantes. Ella le explica que ata a los hombres con arneses, que les obliga a lamerle los pies, que les sirve comida en tazones de perro. Eusebio, excitado, le cuenta que no ha estado nunca con una mujer dominadora, pero que cada noche tiene fantasías de torturas y de brutalidades. Conversan durante un rato. Ella le pregunta y él, fingiendo, le responde. No conciertan ninguna cita, pero intercambian las direcciones de correo electrónico. Eusebio se queda cavilando que quizá le resultaría provechoso conocer a una mujer como Cruella: aprender los placeres que siente Julia, descifrar sus jeroglíficos.

Durante un rato, mientras medita, permanece delante de la pantalla leyendo los mensajes: masturbaciones en lugares públicos, filmación de películas eróticas, orgías, intercambio de ropa interior usada, escatología. Hace un intento, a mitad de la mañana, de apagar el ordenador para salir a la calle, como antaño, a pasear: se ve a sí mismo recorriendo tiendas, comprando cómics, resguardándose de la lluvia bajo un voladizo. Pero permanece en su silla. Abre el cuaderno en el que apunta las historias exuberantes. Escribe en él algunas notas. Está desasosegado, pero no tiene otra voluntad que la que le guía. La médula de la vida no es su superficie o su apariencia. La médula de la vida sólo puede hallarse en sus arcanos, en lo oscuro, en lo que nadie ve nunca: la pureza.

Cada vez que Julia anuncia que llegará tarde a casa porque tiene consulta con el dentista, un compromiso de trabajo o una cita para cenar con sus amigas, Eusebio alquila un coche y, disfrazado con ropas diferentes, la sigue. Ha perfeccionado la logística del acecho: compró una tartera metálica y un termo, lleva cómics y revistas, libros. Escoge siempre un coche pequeño y poco llamativo, y en la guantera mete una guía de la

166

ciudad con los teléfonos y las direcciones de los locales.

Julia ha cumplido en todas las ocasiones lo que había anunciado: una reunión tardía en las oficinas, una cena protocolaria con un socio extranjero, una visita a su hermana o a Natalia. Eusebio la ha seguido, con aburrimiento, con fastidio, por restaurantes, bares, hoteles, plazas y parkings. Se ha entretenido haciéndole fotografías con el teleobjetivo, como si fuera un *paparazzo* o un detective. Nunca ha encontrado nada sospechoso, ningún indicio de adulterio. A veces Julia le llama desde el teléfono móvil mientras él la espía, mientras la está viendo a través del parabrisas del coche o del ventanal de un café. Hablan amorosamente, se repiten las ternezas que se dicen uno al otro cuando están a solas. Ella le cuenta dónde está, no le miente. «Estoy entrando en casa de Natalia», le explica mientras él la ve llegar al portal y pulsar el timbre del portero automático. «Estoy a punto de coger el coche para volver», le dice al entrar en el parking en el que él la espera.

Al acostarse junto a ella, después de una de esas persecuciones, Eusebio le mira la zona del pecho en la que según los manuales de anatomía se encuentra el corazón. Se queda contemplándola hasta que se duerme.

Kamello vende ketamina, Rohipnol y ácido gammahidroxibutírico. Los precios son asequibles. Él mismo lo entrega en cualquier sitio público de la ciudad que el comprador desee. No acude a domicilios privados ni a lugares solitarios para evitar emboscadas. Eusebio, que ese día se hace llamar Androide, le pregunta sin empacho para qué son esas sustancias, de las que nunca ha oído hablar. A Kamello le espolea la pregunta: disfruta explicando pedagógicamente el uso de las drogas que vende. Eusebio, que a veces lamenta la desgana de los trabajadores que le atienden en un comercio, pondera ahora que existan profesionales capacitados incluso en el hampa.

Kamello da pormenores. La ketamina la utilizan los veterinarios en las anestesias. Es alucinógena y produce una sensación de pérdida de la realidad. A veces se esnifa, pero Kamello la vende en comprimidos. Los comprimidos pueden machacarse en un mortero y disolverse en la bebida de una mujer –o de un hombre– sin que se dé cuenta. Al cabo de veinte minutos, cuando la sustancia ha comenzado a hacer efecto, el que la ha ingerido queda sin voluntad o con la voluntad menguada, de modo que es posible violarlo sin resistencia. El Rohipnol tiene efectos parecidos. Es incoloro e insípido. Relaja los músculos y aumenta la desinhibición. Administrado en dosis excesivas puede producir amnesia y sueño profundo. Se emplea también, por lo tanto, para violar a alguien. El ácido gammahidroxibutírico, o GHB, lo usan los adolescentes en las discotecas con el mismo propósito: relajarse, desfasar sensorialmente, vencer la timidez. Si se administra una dosis mayor, el organismo se anula, se ablanda, se aniquila. Puede perderse la conciencia. Con todas las sustancias, pero sobre todo con el GHB, hay que tener una prudencia extrema, pues si se toma una medida exagerada produce daños irreversibles e incluso la muerte. Hay tres dosificaciones, según Kamello: la de la alegría, la de la violación y la de la intoxicación nociva. Es preciso conocerlas bien para no errar.

A Eusebio se le atiza la sangre, se excita. Durante varios minutos, le hace preguntas a Kamello: los efectos indeseados, la frecuencia de las tomas, las incompatibilidades, las secuelas clínicas, el periodo de metabolización. Le pregunta si él usó alguna de esas drogas para abusar de alguien. «Lo hago cada semana», responde Kamello. «Incluso con las chicas que quieren acostarse conmigo. Drogadas son más tranquilas y menos exigentes. Disfruto más.» Eusebio no tiene propósito de utilizarlas. Desde que ha empezado a hablar con Kamello, sin embargo, piensa insistentemente en Violeta. No ha vuelto a verla desde que dejó el trabajo del supermercado, pero recuerda bien su rostro: la piel empalidecida, las quijadas desproporcionadas con el resto del cráneo, los labios delgados, el pelo cortado como Cleopatra. No le atrae sexualmente, no sintió nunca deseo hacia ella. Sus pies eran demasiado grandes, de empeine ancho, y su cuerpo, aunque estaba proporcionado, tenía aspecto de desnutrición. Se la figura desnuda e inconsciente, tumbada en una cama, a merced de quien quiera penetrarla. Eusebio siempre ha creído, desde que era niño, en la satisfacción que da la virtud, en la felicidad que se consigue a través de las obras del espíritu: amar a alguien, leer un libro, escuchar a Schubert, llegar a una ciudad desconocida. Ahora, por primera vez en su vida, comprende el placer que puede hallarse en la vileza, en la humillación, en la indignidad. Es un pensamiento fugaz, una impresión indefinida, desdibujada. Piensa en esos hombres que mueren jóvenes después de haber llevado una vida muy intensa, llena de excesos y arrebatos. «Quiero comprar», escribe. «Ketamina, Rohipnol, GHB.» Kamello le cita esa misma tarde en el centro de Madrid, en la puerta de unos grandes almacenes.

Ahora sé que no dejaré nunca de escribirle. Tal vez en la devoción que siento por usted sólo haya egoísmo. Tal vez mi mansedumbre no sea tanta. Tal vez, en fin, no sepa resignarme. El hecho es que, aunque lo intento, aunque hago promesas y trato de cumplirlas, no soy capaz de dejar de pensar en usted.

Su esposo es un hombre insignificante, mediocre. He estado siguiéndole algunos días para saber algo acerca de él. Reconozco que no es ecuánime ni razonable enjuiciar a alguien con el único fundamento de una observación lejana. Y reconozco también, como usted ya imagina, que no es neutral ni ponderado, pues siento celos y aversión hacia él. Pero, a pesar de todo ello, creo que debe usted confiar en mi opinión: su marido es un hombre insignificante. Estoy seguro de que acabará cansándose de él y buscando de nuevo mis atenciones. Perdone si encuentra soberbia en estas palabras. No es mi deseo ofenderla ni denigrar nada de lo que usted aprecia. Sólo quiero explicarle las razones por las que he vuelto a escribirle.

Ahora los dos estamos casados. El matrimonio es una asociación corrosiva que va carcomiéndolo todo. Usted no debería haber tropezado en ella, pero incluso alguien de su categoría está sometido a las flaquezas de la vida. El amor, la soledad calmada, el miedo a que la memoria se disuelva sin dejar huella. Quizá mi obligación sería, como lacayo o como servidor suyo, apartar a ese hombre de su lado, hacerle huir, herirle. Impedir, así, que le haga daño, que la destruya. Seguramente al principio me detestaría usted por ello, si llegara a enterarse de mi intrusión, pero pasado el tiempo me lo agradecería.

Señora, dígame al menos una palabra. Diga que me recuerda, que piensa en mí algunas veces. Con eso bastará para aquietarme. Sabré esperar paciente a que llegue el día en que me pida que regrese. El día en que me ordene nuevamente que me quite la ropa y me arrodille.

Eusebio, con los guantes puestos, dobla la carta y la mete en el sobre. Antes de pegar la lengüeta adhesiva, se queda pensando en lo que sentirá Julia al leerla: miedo de lo que pueda ocurrirle a él, irritación, congoja. Tiene la certeza de que en esta ocasión responderá para protegerle.

Esconde las botellas en un altillo del armario de su despacho, detrás de cajas y de carpetas polvorientas. No se sirve ya de las que están en el salón, sobre un aparador, pues un día Julia vio la de whisky medio vacía y le preguntó. Tuvo que inventar una mentira, una pamplina inverosímil: había intentado hacer un guiso de cordero al whisky, pero por dos veces se le había carbonizado la carne en el horno. Julia, por supuesto, no le creyó —no había restos en la basura ni cazuelas o recipientes grasientos, no había humo ni olor en la cocina—, pero no dijo nada. Al día siguiente, Eusebio fue a la bodega y compró seis botellas para que ella no volviera a descubrirle. Las guarda en el armario, y cuando Julia sale por la mañana hacia el trabajo, temprano, saca una –o dos si la primera está menguada– para beber. La guarda de nuevo antes de que ella llegue. Friega el vaso, lo seca con cuidado y lo coloca otra vez en su lugar. A veces bebe del gollete para prevenir olvidos. Luego se cepilla los dientes, toma caramelos mentolados para refrescar el aliento.

Ha empezado a escribir el libro. Tiene una relación de doce historias novelescas. En cada una de ellas ha anotado sucintamente los datos principales y los hechos más relevantes para que no se le olviden. La última es la de un individuo llamado Rangler que se dedica a reclutar solteros dispuestos a casarse con mujeres colombianas, peruanas y brasileñas para regularizar sus papeles de residencia en España. Después de escribir durante un rato con su caligrafía sinuosa, afeminada, se tumba en el sofá e intenta dormir, pero no lo logra. Llama a un restaurante que sirve comida a domicilio, como hace algunos días, y pide que le suban a casa ternera con brotes de soja y arroz frito. El recadero llega veinte minutos después con el pedido. Eusebio se sienta en el escritorio a comer, mientras sigue atendiendo en la pantalla del ordenador al desarrollo de las conversaciones del chat. Mastica un poco de ternera y picotea el arroz. Bebe whisky. Al terminar, se tumba de nuevo en el sofá, con las persianas cerradas, para que la digestión le amodorre. Sin embargo, tampoco consigue quedarse dormido. Piensa en Rangler, en PrincesaSucia, en Padrastro. Todos ellos tienen una historia terrible, exaltada, pero en realidad muy pocas personas

172

la conocen. ¿Cómo se comportan cada día? ¿Se trasluce la brutalidad de su vida en los gestos ordinarios, en la forma de mirar, en la ropa que se ponen? Eusebio abre los ojos de repente, despabilado, y se incorpora en el sofá: ése es el hilo de Teseo. Relee las notas de su cuaderno: son narraciones fabulosas, acontecimientos excepcionales, pero no tienen discordancia ni modulación. Su trazo es invariable: pulimento, hastío, exuberancia. La perversidad tiene siempre la misma atmósfera, el aire emponzoñado, la oscuridad, el frío. Catacumbas, subterráneos, sepulturas. En ella no hay fascinación, sino enajenamiento. Lo que Eusebio busca es diferente: la duplicidad, el disimulo. Piensa en Julia, en Marcia. No hay mérito ni interés en su depravación: muchas mujeres usan tacones afilados, azotan, se sientan en la boca de los hombres que las aman. Tampoco hay nada prodigioso en su devoción o en su indulgencia. La maravilla surge de la amalgama, de la mezcla de las dos sustancias. Marcia y Julia. La misma mujer. Ésa es la verdadera fascinación, el deslumbramiento: saber cómo se comportan a la luz del día los seres aberrantes, cómo se disfrazan. Ver la bondad de los vampiros y la ternura de los monstruos.

Eusebio se sienta de nuevo en el escritorio, avivado, y repasa su cuaderno. Lee las historias una a una y trata de imaginar, en cada caso, el otro lado, el envés. Sólo conoce personalmente a Dorian, que es, por deber de su profesión, el más desamparado o el más desnudo. Del resto, debe elegir a uno y llegar hasta el corazón de su vida sin descubrir que sabe su secreto. Eusebio analiza las doce historias y busca en su memoria alguna

173

más que tenga lustre. Al fin, sin demasiado titubeo, elige de entre todos a Padrastro: un hombre viudo que narcotiza a los hijos de su esposa muerta y los ofrece en mercadeo a quien los quiera para ver cómo disfrutan de ellos. Es tal vez la mayor impiedad, el único desenfreno que no admite perdón. Satanismo. Maldad, lacra, fiereza.

Lleno de entusiasmo, Eusebio busca en su correo los mensajes de Padrastro. Responde al último de ellos: «Soy Segismundo. He estado de viaje durante varias semanas y no he podido ponerme en contacto contigo antes, pero me interesa mucho tu propuesta. He visto las fotos que me mandas de tus hijos y no tengo duda. Dime cómo podemos fijar un encuentro. Si necesitas garantías, no tendré problema en dártelas.»

Lo envía y, durante un rato, confiando en que Padrastro esté en ese momento conectado, permanece delante del ordenador aguardando a que le responda. Está contento. Bebe whisky. Se acaba, con apetito, la ternera. Se tumba una vez más en el sofá, aletargado. En la duermevela, vidriosa, agitada, se le pasan por la cabeza las imágenes de bestias copulando con arcángeles. Despierta poco antes de que Julia regrese a casa. Esconde el whisky, adecenta el escritorio, tira las sobras de comida y se da una ducha para recobrar el ánimo. Cuando se sienta ante el ordenador, encuentra un mensaje de Padrastro.

Eusebio acude al lugar de la cita un día antes y estudia el terreno como si fuera un estratega militar.

Hace un croquis y toma fotografías. Anota el nombre de los locales comerciales, el tiempo de cambio de los semáforos, la densidad del tráfico, la visibilidad que hay desde las ventanas y las azoteas, la estructura de las fachadas y la concentración de transeúntes. Busca las vías de huida y las posiciones de observación. Hace una previsión de escenarios posibles y considera, para cada uno, una respuesta apropiada. Cree que Padrastro acudirá a pie, puesto que según le ha dicho su casa está cerca, pero no descarta que le haya mentido para confundirle. Si llega en coche, tratará de seguirle en un taxi, aunque en ese caso la dificultad de rematar con éxito la misión será extrema. Cuenta los taxis que pasan desocupados: cuatro por minuto, uno cada quince segundos. La calle es de dos direcciones, pero resulta fácil cruzar de una a otra acera. Eusebio le ha mandado a Padrastro una foto falsa, de modo que, si disimula la atención, podrá moverse con soltura. Elige el lugar desde el que esperará y, una hora después de haber llegado, se marcha caminando.

Mientras cenan, Eusebio le pregunta a Julia por su casa: «¿Vas a venderla?» Julia sonríe, mastica. «La guardo para cuando me canse de ti», responde. «Para entonces la casa estará muy vieja», dice Eusebio sin convencimiento, como si en vez de una broma estuviera haciendo una diagnosis. Separa uno de los lomos de la lubina, le limpia las espinas y antes de llevárselo a la boca, con una entonación que no se sabe si es interrogativa o certificadora, añade: «No vas nunca. Es posible

175

que se haya derrumbado el edificio y ni te hayas enterado.» Julia se encoge de hombros, deglute el bocado. «Voy algunos días a recoger el correo y a comprobar que está todo en orden. Ni siquiera hay demasiado polvo en los muebles. Además, le di a doña Isabel una llave por si ocurre algún imprevisto.» Hay un silencio muy largo. Julia finge afanarse en desguazar el pescado, en quitarle la piel, pero con el vértice del ojo observa a Eusebio. «¿Has notado algo extraño en las últimas semanas?», pregunta por fin, con un tono de voz despreocupado. Eusebio la mira con interés. Estira el mantel en una esquina. «¿Algo extraño?», dice. Julia hace aspavientos: «Pensé que había alguna razón para que preguntaras por la casa», explica con la boca medio llena, tratando de aparentar irreflexión, azar. «Quizás había llamado alguien por teléfono preguntando por ella.» Eusebio suelta los cubiertos. Acerca el rostro, como si la proximidad ayudara al entendimiento. «¿Por qué iba a llamar alguien preguntando por la casa? ¿Has puesto algún anuncio?» Julia niega con viveza, agita el tenedor. «No», dice. «No. Pero a veces no es necesario hacerlo. Se corre la voz de que una casa está abandonada y llaman los curiosos preguntando por ella o por sus dueños.» Hace una pausa taciturna, se sosiega. «¿No has notado nada extraño?», pregunta de nuevo. Su expresión es jovial, pajarera. Eusebio niega otra vez. «Nada», dice, y enseguida se ensimisma. «¿No te gustaría vivir en otro barrio?», pregunta de nuevo Julia al cabo de unos instantes. «O en otra ciudad, tal vez. En París, en Roma, en Barcelona. Yo podría encontrar trabajo, podría pedir un traslado durante unos años.»

Eusebio la mira con desgana, ausente. «¿Sabes que los peces no tienen párpados? ¿Que duermen con los ojos abiertos?», dice. Y sigue comiendo. Tiene el cuerpo baldado y la cabeza llena de algo parecido al éter: las larvas del cerebro, las agujas que lo traspasan de lado a lado. Durante unos instantes se queda con la mirada ida: las líneas paralelas del pescado, el dibujo que hacen las escamas en la piel. Julia se levanta y va a su lado. Le abraza por la espalda, le besa el cuello. «¿Qué te pasa?», pregunta susurrando. «Nada», dice Eusebio. «Estoy cansado. No he dormido bien esta noche.» Julia desabrocha dos botones de su camisa y le acaricia el pecho. Le hurga con la lengua en los surcos de la oreja. Eusebio no se mueve. Al suspirar, huele la lubina, el condimento, el hedor del mar. Los dedos de Julia, que se ha agachado, le abren la bragueta, manoscan en la ropa, tientan la carne. Eusebio, sin embargo, no se excita. «Estoy cansado», repite. Julia porfía. Pasa la yema de un dedo por el glande, se afana en la tarea. Eusebio piensa en la niña de Bangkok, en un mastín copulando con una mujer, en Marcia. No logra nada. Ella abandona poco a poco el empeño. Le besa en la nuca, le consuela. Se queda abrazada a él durante mucho rato.

Un minuto antes de la hora acordada, Padrastro llega caminando. Se detiene en la esquina en la que se han citado y mira el reloj. Luego pasea arriba y abajo, inquieto, sin dejar de mirar alrededor. Observa con descaro a dos peatones que, desde lejos, tienen una apariencia semejante a la del hombre de la fotografía que Eusebio le ha enviado. Cuando pasan de largo, los sigue con la mirada. Enciende un cigarrillo.

Eusebio está nervioso, pero los pensamientos no se le descomponen: analiza el camino por el que Padrastro ha llegado y calcula con rapidez los movimientos que él deberá hacer para seguirle si se aleja por la misma ruta. Es uno de los caminos más sencillos: le seguirá desde la acera de enfrente hasta que gire a uno u otro lado. Desde su puesto de vigía, le mira fascinado. Es un hombre de media altura, entrado en carnes pero no gordo. Tiene el pelo gris: la cabellera, bien peinada, sin calvicie, y la barba. Usa gafas metálicas, de moda antigua. Lleva un pantalón de tonos claros y una americana azul con chaleco a juego. Desde tan lejos no puede distinguirse el estampado de la corbata, pero es oscura y sobria. Aunque tampoco puede apreciarse con detalle la expresión del rostro, parece un hombre prudente, digno, respetable. Nadie podría imaginar, viéndole ahí, en esa esquina, que disfruta mirando cómo profanan a sus hijos.

Permanece en el lugar sólo seis minutos: el que llegó anticipadamente y los cinco que había brindado de cortesía. Luego apaga el cigarrillo contra el empedrado, da una última ojeada a los cuatro puntos cardinales y se marcha. Eusebio sale de la papelería desde la que estaba vigilando y comienza a seguirle por la acera de enfrente, como ha previsto. Guarda una distancia de unos cien metros, en línea transversal. Mira al frente, igual que un peatón distraído. Antes de cruzar la primera bocacalle, Padrastro se vuelve bruscamente para comprobar si le siguen. Eusebio ve con el rabillo del

ojo el bulto de su cuerpo moviéndose. Tiene un sobresalto, pero continúa caminando desatento, sin prestar
atención. Delante de él hay una mujer que va a buen
paso. De una farmacia salen dos ancianos que le obs-
truyen durante un instante.

Padrastro prosigue su camino. Se vuelve otras dos
veces para mirar a su espalda, pero ahora apaciguado,
sin brusquedad. Eusebio afloja el paso con el propósito de recuperar la distancia que ha perdido, de alejarse
en la persecución: se detiene fugazmente en un escaparate, se agacha a apretarse el lazo del zapato.

En la tercera bocacalle, Padrastro dobla la esquina.
Eusebio corre entonces hasta la intersección y recobra
el contacto visual antes de cambiar de acera: Padrastro
avanza con el mismo ritmo. Eusebio cruza deprisa,
entre los coches, y entra tras él en la bocacalle. Allí ya
no hay trajín de tráfico, no hay bullicio de peatones,
de modo que Eusebio, para precaverse de la posibilidad
de que Padrastro le haya visto antes, se quita la gabardina que lleva y la tira en un contenedor, como había
planeado: ahora luce un jersey morado, llamativo. Se
pone además unas gafas de pasta gruesa.

Tiene otro disfraz —un jersey marengo debajo del
morado, un bigote postizo, una gorra—, pero no necesita usarlo, pues Padrastro tuerce otra vez, a la derecha,
y abre un portal. Antes de entrar mira a un lado y a
otro. Eusebio, en la otra acera, continúa su camino
impasible. Cuando llega a la altura del portal, Padrastro
ya ha entrado. No se detiene ni se vuelve, por si se
trata de una trampa. Al llegar al siguiente cruce, atraviesa la calle y se queda en la esquina, vigilando. Al cabo

de diez minutos, se marcha de allí: euforia, efervescencia, brío.

Postración, melancolía, duelo. Hay un rastro de hortalizas podridas: calabacines fermentados, pimientos secos, una calabaza picoteada por los pájaros, zanahorias enmohecidas. Eusebio los recoge todos y se sienta en el suelo de la azotea a llorar. Es un paisaje desolado. La destrucción, la decrepitud de todo. De repente se acuerda de un episodio de su infancia, de un hábito olvidado. En verano, cuando iba a la casa de sus abuelos, en el mar, los criados traían a veces pescado fresco de la lonja. Lo acarreaban en baldes de madera y encima de ellos ponían barras grandes de hielo, como las de las neveras antiguas. Eusebio, que en aquella época tenía cuatro o cinco años, cogía una de esas barras y la metía dentro de la bañera, debajo del grifo. Abría un poco el chorro del agua caliente y luego ponía las palmas de las manos sobre el hielo. Sentía cómo iba deshaciéndose, cómo cedía su superficie suavemente, cómo menguaba el hielo. Al cabo de uno o dos minutos, la barra había desaparecido y sus manos, abiertas en racimo, estaban apoyadas en el suelo de la bañera: todo se había ido por el desagüe.

A Eusebio aquella desintegración del hielo le hipnotizaba. Experimentaba un hormigueo en los brazos y en la garganta: confianza, placidez, quietud. Le producía placer notar cómo iba consumiéndose. Una tras otra, ponía en la bañera todas las barras que habían venido con el pescado. Las derretía. Usaba el tacto para percibir la descomposición, el desleimiento: eso era lo que más le maravillaba, que lo que estaba tocando dejara de repente de existir. Cuando se le acababa el hielo sentía tristeza. Preguntaba a los criados cuándo habría más. Ellos, condescendientes, le consolaban con invenciones o le daban algunos cubitos del frigorífico para que continuara jugando. Eusebio los ponía enseguida bajo el chorro del agua caliente y veía, asombrado, cómo se esfumaban: algo sólido, tangible, que se desvanecía. La mudanza, la nada.

Lo ha oído muchas veces, lo sabe: la vida es demasiado corta. No tiene sentido llorar por unas hortalizas. Ni por un amor extraño. Ni por la virtud perdida. Trata de contener el sollozo, se seca la moquera. Le viene un impulso de heroísmo y piensa, intrépido, que no debe amedrentarse. Es cierto que algunos hombres viven vidas desdichadas, que cometen crímenes, que padecen adicciones funestas, que sufren abusos y torturas. Pero al final mueren como los otros. Eusebio, filósofo, piensa: «Al final mueren como los otros.»

Con la calabaza entre las manos, recuerda los días de Jordania. El sueño profundo, el pensamiento leve. Quiere apartarse, dejar de cavilar, cerrar los ojos. Dormir. Pero siente el heroísmo: vivir al filo, transgredir, profanar, desobedecer a Dios. Con qué fragilidad se desmorona todo.

Los picotazos de la calabaza dejan ver la carne ruginosa, las hilachas negras de la descomposición. Eusebio mete uno de los dedos dentro, escarba con la uña. Hace frío: viento de primavera. Julia está a punto de llegar. En la calle se oyen sirenas de ambulancias o de patrullas policiales: algún accidente, algún delito. Eusebio desea algo imposible: que su cerebro sea un mecanismo, un artefacto. Apagarlo, amansarlo, arrancar sus piezas. Es un hombre feliz: está casado con la mujer a la que ama, tiene dinero sobrado para vivir, trabaja sólo en las cosas que le gustan, viaja a lugares lejanos. Se lo repite una vez más: es un hombre feliz. Lo que siente, sin embargo, es pánico. El curso del tiempo continúa, las hortalizas se pudren. Eusebio quiere dejar de pensar: ser mineral. Artefacto, máquina, engranaje: ésa es la felicidad verdadera. Muerde la calabaza: tiene un sabor agrio. Le sangran las encías. El heroísmo: probar la vida que enaltecen los poetas, la vida de lo agudo y de lo urgente, de la rabia. Tener otra felicidad más mórbida: el crimen, el exceso, el desenfreno.

La cáscara de la calabaza tiene la sangre del mordisco. Eusebio ve la luz del vestíbulo encenderse. Se seca los ojos, se adecenta. Se limpia los labios. Guarda las hortalizas en un barreño. Oye la voz de Julia.

Padrastro se llama Manuel Ortega Manzano. Tiene cincuenta y tres años y enviudó dos veces. Su primera mujer, con la que se casó a los veinticinco años, murió en un accidente doméstico. La segunda también murió en circunstancias extrañas. Eusebio piensa que tal vez las mató él. Sus hijastros tienen un año más de lo que le dijo a través del chat: doce el niño y trece la niña. Su padre real murió de un cáncer cerebral y sus cuatro abuelos sanguíneos están también muertos, de modo que Padrastro heredó la custodia. El piso en el que viven era de su esposa difunta. Él posee otro piso en Madrid y un apartamento de veraneo en la costa de Alicante. Trabaja en una empresa farmacéutica como formador de equipos de ventas: es especialista en tecnología de quirófanos. Le gusta la numismática y pertenece a un club. Está suscrito a dos periódicos de información general. Tiene un coche de gama alta. Va al gimnasio tres veces por semana.

Hay dos peces flotando sobre la superficie del acuario. El agua está turbia, llena de excrementos. Las paredes de vidrio, cubiertas por el verdín, apenas dejan ver con nitidez el interior, pero Eusebio se da cuenta de que sólo queda un pez: un Betta anaranjado que nada con desfallecimiento entre las rocas y las plantas. Con la red, coge los cadáveres y los lleva hasta el cuarto de baño. Los tira por el retrete.

Cruella se llama en realidad Lucía. Tiene treinta años y está soltera. Vive en un apartamento alquilado a las afueras de la ciudad. Eusebio lleva un plano para no perderse. Aparca el coche en un callejón y camina hasta el portal. Siente miedo, pero se acuerda de lo que le contó Guillermo acerca de su primer encuentro con Marcia: renuencia, espanto, nerviosismo. Trata de serenarse. Estira los brazos, flexiona las piernas sobre la acera como si fuera un atleta haciendo ejercicios de calentamiento. Está preparado. Quiere conocer las sensaciones que experimenta el cuerpo al ser azotado,

183

al tener los testículos sujetos, al notar el sabor de la suela de un zapato. Quiere probar en carne propia lo que tantas veces ha imaginado al pensar en Julia. Da igual el sufrimiento. Esta convencido de que al salir de allí será capaz de comprender mejor a la mujer con la que está casado. Y tal vez pueda incluso ofrecerse en sacrificio para que ella se deleite.

Lucía es una mujer alta y entrada en carnes. Le recibe vestida con un corsé de cuero que deja ver la mitad superior de sus senos y sus pezones amoratados. Está fumando un cigarrillo largo de color oscuro. Eusebio, temblando, entra hasta el fondo de la casa, atravesando un corredor sin luz, y en el lugar en el que ella ordena comienza a desnudarse. Las manos no aciertan a desabotonar. «Perdón», dice. «Es la primera vez que hago algo así.» La mujer no dice nada. Mientras se quita la ropa, Eusebio ve sobre la cama las herramientas de trabajo: un consolador negro, una fusta, unas esposas, una hilera de esferas ensartadas por un cordón. La mujer le echa en la espalda la ceniza del cigarrillo. No le quema, pero le avergüenza. Le irrita. «Arrodíllate en el suelo», dice ella. Eusebio, con fastidio, la obedece. Se reconviene a sí mismo por la cólera. Se repite una vez más que es a eso a lo que ha venido: a que le esparzan la ceniza por el cuerpo, a que le humillen.

Cuando está arrodillado, Lucía le pone un antifaz opaco. No ve nada. El miedo le desboca. Las axilas comienzan a sudarle, el cuello se le espesa. No tiene saliva. De repente piensa que ha sido un error ir allí, que los deseos de Julia no pueden ser interpretados a través de otra persona. Se pregunta de qué sirve saber cómo es el dolor de un latigazo. Aviva el oído, que ahora es el único hilo que le permite entender lo que está ocurriendo. «No estoy seguro de encontrarme bien», dice en voz muy baja, sin moverse. En ese instante, un golpe seco en las nalgas le zarandea. Una tira de piel le abrasa, pero antes de que pueda distinguir las sensaciones del cuerpo y tratar de clasificarlas, como si fueran especies minerales o razas zoológicas, la mujer le apalea tres veces más en el mismo sitio. Eusebio se protege con la mano. Ella, entonces, le agarra por el pelo y le arrastra hacia atrás, le derriba. «No puedes moverte, son las órdenes», dice con severidad. Eusebio escucha un sonido metálico, un cascabeleo, y enseguida se da cuenta de que ella intenta ponerle las esposas. Se revuelve, se aparta. Aunque está colérico, suplica: «No, por favor, no volveré a moverme.» La mujer le ha trabado una de las esposas, la otra cuelga. «No quiero que me encadenes», dice Eusebio. Ella, que no puede coger la otra esposa, escondida en el puño de Eusebio, le golpea con la fusta en el muslo repetidas veces. Lo hace con rabia, se ensaña. Él, tendido en el suelo bocarriba, piensa bruscamente en Guillermo, en Marcia. No es capaz de discernir si la cólera que siente es una emoción provocada por el dolor, como de fuego, o por el razonamiento, pues ahora, mientras manotea a ciegas para parar los golpes, tiene la certeza de que esa cita ha sido un desatino. Uno de los verdugazos le alcanza en los testículos y entonces, sin deliberación, se pone en pie de un salto, tienta el aire hasta encontrar el bulto de la mujer, antes de quitarse el antifaz, y la agarra por el cuello. La empuja contra la pared con violencia. Tiene el rostro congestionado por la ira, las venas del cuello y de las sienes inflamadas. Tarda unos segundos en recobrar el juicio. Afloja el estrangulamiento y, con los ojos ya libres de vendas, mira a la mujer, que boquea asustada. Lentamente se va apartando de ella. Se pone la mano en la frente como si quisiera así representar su asombro: no es capaz de comprender lo que ha ocurrido. Se sienta en el borde de la cama, al lado de los utensilios eróticos. «Perdona», dice. «No quería hacerlo.» Agacha la cabeza, la sujeta entre las manos. La mujer se tienta el cuello, trata de toser para entonar la voz. «Perdona», repite Eusebio. Está aún desnudo, pero tiene los muslos cerrados. De su muñeca cuelgan las esposas. Ella no se atreve a moverse. Pegada a la pared, le observa aterrorizada. Transcurren varios minutos. Ninguno de los dos dice nada. Eusebio, encogido, absorto, recapacita. «¿Qué gusto encuentras haciendo esto con los hombres?», pregunta por fin. En su voz no hay recriminación ni queja, sino extrañeza. Ha acudido allí para tratar de entender el comportamiento de Julia y lo que ha logrado, en cambio, es enmarañarse aún más. La mujer se encoge de hombros. Balbucea. Quiere responder para no contrariar a Eusebio, pero no sabe qué decir. Pronuncia sílabas, farfulla. «No tengo nada que hacer ahora», dice Eusebio, conciliador. «Si me quitas las esposas, puedo invitarte a cenar para que me lo cuentes.» Lucía le mira con pasmo. Duda unos instantes. Luego va con prisa a buscar la llave.

Los informes del detective no son turbadores, pero contienen bastantes sorpresas para Eusebio. Patricia, como él ya sabe, es cocainómana. Gasta aproximadamente quinientos euros al mes en aprovisionarse, y lo hace a través de un *dealer* ecuatoriano que le lleva los pedidos a casa. En algunas ocasiones le ha fiado mercancía a cambio de acostarse con ella. Patricia tiene una vida sexual muy activa: el informe refiere el nombre de ocho amantes distintos en el periodo de la investigación. Dos de ellos son mujeres. Aunque vive sola, los encuentros eróticos los mantiene a veces en la biblioteca en la que trabaja, después de la hora de cierre. Patricia, no obstante, está enamorada desde su juventud de un compañero de facultad al que sigue viendo y al que escribe cartas de amor que nunca envía: Rogelio Cifuentes. Tuvieron un breve romance a los veinte años y luego, por iniciativa de él, se separaron. Patricia ha acudido en varias fases a la consulta de un psicólogo para tratar de curar la depresión que le causa ese desamor. El diagnóstico —que se adjunta— señala falta de autoestima, desequilibrio emocional y rasgos estacionarios de infantilismo.

Alfonso también sufrió en su juventud una herida sentimental que le dejó secuelas perdurables: cuando tenía veintidós años, su novio, el primer chico con el que había conseguido mantener una relación estable de pareja, murió de leucemia en pocos meses. Alfonso no recobró nunca el ánimo. Tuvo tratamiento psiquiátrico. Trató de rehacer su vida con otros hombres e incluso con algunas mujeres, pero no lo logró. Ahora no tiene apenas vida social. Visita a veces a su hermano, que vive a las afueras de Madrid. Algunos sábados va de madrugada a locales gays y se toma varias cervezas mientras mira a los chicos que bailan. Sólo ocasionalmente habla con alguien. Una vez por semana llama a un chapero para que vaya a su apartamento. No es siempre el mismo, aunque el perfil es invariable: alrededor de veinte años, musculosos y de rasgos étnicos. Los chicos pasan en la casa menos de una hora y el trato que les da Alfonso, según su testimonio, es afable y obsequioso. Sólo les pide servicios convencionales.

La vida de Violeta no tiene nada de singular. Trabaja en el supermercado haciendo tareas auxiliares y forma parte de un grupo teatral de aficionados que ensayan en un sótano dos días por semana. A su novio, con el que lleva saliendo casi tres años, le ve por las noches. Toman alguna cerveza con sus amigos, van al cine o cenan en algún restaurante de comida rápida. Tienen una cuenta corriente común en la que van ahorrando para comprarse un apartamento. Han hecho planes de boda. Él se acuesta con otras mujeres habitualmente, pero no mantiene tratos afectivos con ninguna de ellas. Violeta, en cambio, le es fiel (no sólo por la observación directa realizada durante el periodo de la investigación, sino por indicios laterales obtenidos en ella).

Olivia –Nicole– ha solicitado la nacionalidad española. No tiene propósito de regresar a Estados Unidos. El informe no detalla demasiadas cosas de su pasado norteamericano: la certificación de estudios, la carencia de familia directa y la ausencia de expedientes penales. En la actualidad se dedica exclusivamente a la crianza de Erasmo. Cobró el seguro de vida de Guillermo y vive de esa renta sin apuros. Hace un año ingresó en la iglesia mormona. Asiste a las celebraciones y se reúne con otros miembros de la iglesia. No tiene amantes ni se le han podido descubrir vicios o estigmas relevantes.

La vida de Román Menoyo tampoco tiene escándalos. Comenzó a editar una revista marginal y casi clandestina a finales de los años sesenta, cuando el movimiento contracultural empezaba a despertar en España. Aunque estuvo en el grupo fundador de la Organización Revolucionaria de Trabajadores, era amigo de Joaquín Ruiz Giménez, de quien había sido alumno, y entabló enseguida relaciones con los sectores más liberales del antifranquismo. Con sus primeras publicaciones obtuvo cierto éxito, lo que le permitió seguir abriéndose camino en la industria editorial de la época. La revista *Síntesis,* lanzada en 1976, se convirtió en su gran triunfo: le dio gloria, reputación y dinero. A partir de ese momento inició una trayectoria empresarial vertiginosa. No existe constancia de que haya recurrido nunca a la malversación, al soborno, al cohecho o a la estafa para consolidar su posición mercantil. En el ámbito de lo privado, no se han encontrado tampoco hechos singulares. Está casado con la misma mujer desde hace treinta y seis años. A veces recorre con el coche un polígono industrial de las afueras de Madrid en el que hay prostitutas, pero nunca contrata a ninguna. Se desconoce si ha tenido relaciones adúlteras en el pasado, pero en la actualidad guarda fidelidad a su esposa. Tienen tres hijos, uno de los cuales, el mayor, estuvo ingresado hace siete años en una clínica de desintoxicación por problemas con la cocaína. Los tres están casados y le han dado a Román Menoyo cinco nietos.

A Alberto Diermissen le gusta travestirse. El informe adjunta fotografías obtenidas en su dormitorio: en una de ellas, Alberto lleva un corsé de encaje, un tanga a juego y unas medias con liguero, todo de color negro; en otra, lleva un sujetador balconet y unas bragas blancas; en una tercera, viste un camisón corto de seda roja. Tiene todo el cuerpo depilado, desde el cuello hasta los pies, y está calzado siempre con zapatos de tacón abiertos, anudados al tobillo con correajes. Diermissen no es homosexual ni existe evidencia de que haya tenido nunca relaciones con hombres. Sus travestismos forman parte de los juegos sexuales que comparte con su esposa, con la que mantiene una unión ejemplar. Reciben correspondencia de un club de intercambio de parejas de Eindhoven, pero no hay constancia de que hayan viajado a Holanda en los tres últimos años, que es el periodo rastreado. Diermissen dedica todo su tiempo al despacho de abogados. Sus únicas aficiones conocidas son la ópera (posee un abono en el Teatro Real) y la navegación a vela, que practica en el verano.

Después de leerlos, Eusebio se sirve un vaso de whisky. A pesar de que la mayoría de los informes no tienen sustancia, no está decepcionado. Abre de nuevo la primera carpeta, la de Patricia. Las lee otra vez todas. Siente un placer que no recuerda haber sentido nunca antes en su vida. Una delectación física, orgánica, corpórea. Las terminaciones nerviosas le queman. La respiración se le ha ido desacompasando poco a poco. Tiene taquicardias. Cuando era adolescente, poco después de que su padre muriera en el accidente de moto, le venían a veces de repente unas ganas incontrolables de ponerse a correr. Se convertía en una maquinaria encendida, en un artefacto en combustión. En mitad de la noche tenía que vestirse, bajar a la calle y correr hasta caer rendido. En algunas ocasiones recorría quince kilómetros, veinte kilómetros, como un atleta en competición. Ahora, al leer el informe que le ha entregado Max, siente la misma necesidad: correr hasta partir el cuerpo, hasta extenuarse. Sin embargo, permanece sentado en el sillón. Se recrea en cada imagen: Patricia en la consulta del psicólogo, Alfonso pagando a uno de los chaperos, el novio de Violeta encamado con otras mujeres, Alberto Diermissen travestido.

Eusebio se embriaga pensando en el poder que otorga conocer los secretos de alguien, aunque sean tan insignificantes como ésos. Es el gobierno de los caudillos, de los patronos, de los tiranos: derribar a un hombre o someterlo, señorear. Eusebio no tiene propósito de emplear esa información para humillar a nadie ni para ganar vasallos, pero el simple hecho de tenerla entre las manos le reconforta. Bebe otro whisky y siente la delicia en la garganta. Toca con las manos el papel de las carpetas, el relieve invisible de las palabras escritas: ésa es, según cree ahora, la sustancia de la vida. Con esas cavilaciones se queda dormido. Cuando despierta tiene un dolor punzante en la cabeza. La boca le sabe a orín. Sale a la azotea para que el aire le despeje. Mira el paisaje de tejados, las mansardas, los balcones. El mundo que ahora ve es diferente: oscuro, tortuoso, serpentino.

En mitad de la noche, mientras aguarda inmóvil a que amanezca, al lado del cuerpo sosegado de Julia, Eusebio recuerda de repente una de las fechorías de su infancia. Cuando tenía doce o trece años, robó una carta del buzón de uno de los vecinos de su casa. Vio uno de sus picos afilado sobresaliendo y tiró de él. Despegó la lengüeta con vapor, como había visto hacer en las películas, y sacó las hojas de su interior. Eran dos cuartillas de papel biblia, muy delgado, y estaban escritas con caligrafía redondeada. En la carta no se contaba nada descollante ni indiscreto –asuntos domésticos de un amigo que vivía en otra ciudad, recomendaciones turísticas–, pero Eusebio la leyó como si se tratase de un códice enigmático.

A partir de aquel día, cuando llegaba a casa, a la hora en la que no estaba el conserje vigilando, hurgaba en los buzones para sacar los sobres llamativos. Eran aún los tiempos en los que se escribían cartas de papel para contar amores o para pedir disculpas. Eusebio no se acuerda con detalle de las cosas que leía, pero siente aún el gusto del secreto: el poder que otorga ver a alguien que no sabe que le miran. La soberbia, la altivez, la tiranía.

Eusebio observa a Julia. Escucha su respiración calmada. Tiene ganas de abrazarla. «Escribe alguna carta para que yo la robe», le dice susurrando. Ella no se mueve.

«Manuel», dice Eusebio, y levanta la mano con un revoleo para saludarle. Padrastro, que está en la ducha enjabonándose, se vuelve extrañado al oír su nombre: tiene la esponja en la mano, el vientre lleno de espuma. «Hola, Guillermo», dice sonriendo al reconocer a Eusebio. «¿Estuviste machacando el cuerpo? No te vi dentro.» Eusebio se quita la ropa, sudoroso, y se mete en la ducha de al lado. Hablan a voces sobre el ruido del agua. «Encontré la moneda que estaba buscando», dice Eusebio. «¿El florín de 1876?», pregunta Padrastro asomando la cabeza por detrás del muro de separación. «El florín», confirma Eusebio orgulloso. «Llamé al club americano que me dijiste. Al de Boston.» «Fabuloso», grita Padrastro. «¿Fue muy caro?» «Fue caro, pero mereció la pena», responde Eusebio. «Llevaba mucho tiempo buscándolo.» «Ese club es magnífico», reafirma Padrastro. «Yo encontré ahí un bolívar de oro de la época de la Independencia que había buscado ya en todo el mundo. Lo había dado por perdido cuando apareció.»

Durante unos segundos, se callan. Eusebio se lava el sudor deprisa. Se deja aplastar por la presión del agua hirviente. El cuerpo, tan dañado por el insomnio y por las malaventuras, se estremece. Pone la cara bajo los hilos del agua. Siente un bienestar sin límites. «¿Tienes tiempo para tomar una cerveza?», pregunta aflautando la voz, escurriéndola por entre el sonido del chapoteo. Padrastro aparece frente a él, secándose con una toalla. «Claro», dice amistoso. «Me vendrá bien un poco de hidratación después de tanto esfuerzo», añade. Y se ríe.

193

Cuando Julia enfila el coche hacia la salida de la ciudad, a Eusebio se le para el corazón durante un instante. Acelera para incorporarse a la autopista y se coloca luego detrás de ella, a distancia. A esa hora no hay ya demasiado tráfico. Circulan en el límite de la velocidad permitida. En el kilómetro 22, Julia pone el intermitente y sale por una de las vías de servicio. Eusebio, que la sigue maquinalmente, sin deliberación, sin juicio, se acerca más a ella para no perderla ahora en rotondas y desvíos. Entran en una urbanización en la que hay chalets y edificios bajos de apartamentos. Eusebio se comporta con temeridad, pues el suyo y el de Julia son los únicos coches que deambulan por el barrio y las calles, muy estrechas, no permiten el camuflaje. En un determinado momento tiene la impresión de que Julia le ha descubierto –o de que ha descubierto que la siguen, pues él lleva su disfraz y no puede ser reconocido–: se detiene en el alto de una cuesta y mira por el espejo retrovisor antes de volver la cabeza hacia atrás. Eusebio frena también su coche para no alcanzarla, y cuando ella reemprende la marcha le da unos metros más de ventaja. En uno de los giros que ella hace, sin embargo, desaparece: cuando Eusebio llega al cruce, no ve el coche. Sobresaltado, acelera. Las ruedas patinan en el asfalto, se oye un chirrido. Recorre varias veces la calle en la que la ha perdido de vista, adelante y atrás. Otea cada una de las bocacalles, que están desiertas. Al cabo de diez minutos, angustiado, trata de analizar la situación. La urbanización no es, en apariencia, demasiado grande. El coche de Julia debe de estar aparcado frente al lugar al que se dirigía. Es posible, sin embargo, que ella se encaminara a otra parte, más allá de la urbanización, en cuyo caso Eusebio no tendría ya ocasión de encontrarla. Comienza a serpentear con el coche por las calles, muy despacio. Escudriña todo a derecha e izquierda: los portales, los jardines, las ventanas iluminadas, las aceras estrechas, los vehículos aparcados en sus bordes. Siente desaliento al comprobar que en las parcelas de algunos chalets –ocultas de la calle por setos altos, arboladas y palenques con enredaderas– caben varios coches. Merodea durante media hora sin encontrar a Julia. Luego se detiene en una travesía solitaria y para el motor. Comienza a llorar sin darse cuenta. Apoya la frente sobre el volante. Solloza a gritos. Quiere morir. Piensa que el amor, como los líquidos, cambia de forma dependiendo del cuenco en que lo pongas.

Eusebio, abatido, enajenado, no va al gimnasio, pero acude a tomar una cerveza con Padrastro a la salida, como hacen cada día desde que se conocen. Padrastro es un hombre divertido. No habla demasiado, pero sabe engarzar historias en una conversación y tiene recursos humorísticos para seducir a quienes le escuchan. Aparte de la numismática, le interesan el fútbol, los coches, la política, la fotografía y las nuevas tecnologías. Tiene varios modelos de teléfonos móviles, reproductores sofisticados de MP3, tres ordenadores de última generación, un proyector digital de cine y una cámara de grabación de calidad profesional. Navega mucho por internet: escribe un blog sobre el conflicto de Oriente Medio, hace las compras de alimentos y de otros productos, lee la prensa extranjera, participa en redes sociales, descarga películas, realiza sus operaciones bancarias y rastrea en los foros numismáticos en busca de gangas y rarezas. Eusebio ensaya un gesto picaresco, de bribón, y dice: «¿Y pornografía no ves?» Se ríe él mismo para que no haya sospechas, para que Padrastro crea que es sólo una broma de taberna. Padrastro ronronea, levanta los ojos al techo y por fin, con morosidad, da una carcajada. «Quién no ve pornografía alguna vez», exclama.

Eusebio no puede quedarse conversando más tiempo, pues a las ocho de la tarde debe recoger a Violeta, con quien se ha citado para tratar de desquitarse de los tormentos de la noche anterior. Paga las consumiciones y se despide de Padrastro con una efusión de viejos amigos. En la puerta del bar, coge un taxi y le da al conductor la dirección del lugar de la cita. Le ruega que se apresure. Son las ocho menos cuarto. No quiere que Violeta, aprovechando la disculpa de su retraso, se vaya a casa: necesita el desagravio, el escarmiento. Durante el trayecto, desquiciado por el tráfico, Eusebio no tiene tiempo de pensar en Julia y en sus traiciones: va repasando la estrategia que debe desplegar ante Violeta. Palpa en el bolsillo de su americana el frasco de la droga, toca el tapón para cerciorarse de que no se ha derramado. Está acalorado, impetuoso: las manos le arden, la respiración se le desboca, tiene una erección. Escondido detrás del asiento, se masturba por encima de la ropa mientras va mirando el perfil del conductor o el contorno fugitivo de la calle.

Violeta le está esperando en el lugar en el que han quedado. Le recibe con una sonrisa, le besa en las mejillas. Él se excusa por el retraso. Luego, fingiendo espontaneidad, se queda pensativo y ojea la calle. De repente se le enciende el rostro: «Conozco un sitio tranquilo cerca de aquí», dice como si acabara de ocurrírsele. «Hace mucho que no voy, no sé si seguirá existiendo.» Violeta, conforme, asiente. Caminan hacia allí: Eusebio guía.

«¿Cómo va todo en el supermercado?», pregunta él. Ella le cuenta los fastidios: las arbitrariedades de los jefes, las intrigas, las penurias laborales. Él se ríe de los aspavientos de Violeta, la consuela. «Todavía sueño con los espaguctis», dice rechiflándose. Ella le explica que el nuevo fotógrafo los coge en la mano a media altura, los suelta sobre la mesa y los retrata así, como el azar los deja. «¿Y los pimientos?», pregunta él.

Entran en el local que Eusebio ha elegido. Es un pub antiguo, de aspecto abandonado. La iluminación es tenue. Tiene los sillones tapizados de cuero verde, con remaches. El filo de la barra está también forrado de ese cuero: cuarteado, con roña, desteñido. Se sientan en una mesa apartada que hay en un rincón en ángulo: no puede verse desde la sala, está escondida. Él pide una cerveza y Violeta un refresco. «¿Nunca tomas alcohol?», le pregunta Eusebio. «Sí, algunas veces», responde ella sonrojándose. «No soy una niña.» «No quiero emborracharte», dice Eusebio, y levanta las manos con las palmas vueltas, como si así probara la rectitud de sus propósitos. «Pero el alcohol te curaría el nerviosismo.» «No estoy nerviosa», asegura Violeta, categórica. Pero le tiembla la voz y vuelve a sonrojarse. Bebe su refresco, se retuerce los dedos de las manos.

Eusebio le cuenta naderías. Le habla de cómics y de viajes. Le explica cómo preparar algunos guisos o remendar la ropa. Le confiesa que se ha hecho numismático. Mientras habla, siente que la frente le abrasa, que las pupilas se le hinchan por la fiebre, pero se esfuerza en mostrarse relajado y alegre para no alarmarla. Llaman al camarero y piden de nuevo una cerveza y un refresco. Cuando se ha bebido medio vaso, al cabo de un buen rato, Violeta se disculpa y se levanta para ir al servicio. Eusebio tiene ya la mano en el bolsillo de la americana: sujeta el frasco de la droga. En cuanto ella se marcha, lo abre, llena el tubito dosificador y, con cuidado, vierte en el refresco cuatro gotas: una más de las que había previsto. No se nota nada, pero para asegurarse agita el vaso y lo remueve. Guarda sin prisas el frasco y se acomoda en el sillón hasta que ella vuelve.

Siguen conversando de banalidades. Violeta bebe, pero la droga tarda pocos minutos en hacer efecto. De repente, dice una grosería y se ríe de su atrevimiento: Eusebio se da cuenta entonces de que la transformación ha comenzado. Aguarda pacientemente: no quiere precipitarse. Luego, cuando la desvergüenza de Violeta es evidente, se acerca un poco a ella. «¿Te apetece tomar una copa ahora?», dice. «Yo voy a pedir otra cerveza.» Violeta duda unos segundos, pero al final, con gesto revoltoso, acepta. «Una crema de whisky», dice desafiante.

Cuando les traen las bebidas, Eusebio, siguiendo el plan, acomete sin tardanza. «¿Vives aún con tus padres?», le pregunta. Violeta asiente, maldice, se lamenta. Eusebio la escucha sorprendido: los efectos de la droga son rotundos. «Iván y yo estamos ahorrando para comprarnos un apartamento», explica ella. Eusebio no deja tiempo para que continúe: «Qué casualidad», dice abriendo mucho los ojos. «Yo necesito vender un piso. Podría interesaros.» Violeta se encoge de hombros, despreocupada. Bebe de su vaso. «No tenemos todavía suficiente», asegura. Eusebio no deja que se desdiga, que renuncie: «El dinero no es un problema», dice confiado, y le roza a Violeta la rodilla con la mano. «Podríais pagármelo poco a poco. Eres de fiar.» Ella le mira ahora fijamente. Tiene el rostro ido, perturbado: sonríe embobada, le brilla la esclerótica de un ojo. Quiere hablar, pero no sabe qué palabras debe pronunciar. Bebe de nuevo de su vaso. Eusebio apuntilla la tarea: «Está aquí cerca, a cuatro calles. Podemos ir a verlo para que lo conozcas.» Y antes de que ella reaccione, saca dinero para pagar la cuenta y se levanta. Violeta, aturdida, trata de ponerse en pie, pero pierde el equilibrio y cae bamboleándose sobre el sillón. Se echa a reír: una risa convulsa, con cadencias de rata o de felino. Eusebio la ayuda, la sujeta. La guía hacia la calle. Violeta le mira hipnotizada. Caminan en silencio. Eusebio se tienta en el bolsillo: el frasco sigue ahí.

Suben la escalera con penalidad: Violeta se resbala, se desploma. Agarrada al pasamanos, se descoyunta. Eusebio le tapa la boca para que sus algarazas y sus bufidos no alarmen a los vecinos. Al pasar por el segundo piso, mira, como siempre, la insignia con el corazón sangrante de Jesús que hay en la puerta de doña Isabel: nadie se asoma. Violeta canta. Eusebio, al sujetarla, la soba sin prudencia, pero ella no parece darse cuenta. Tardan más de diez minutos en llegar arriba. La cerradura cruje al descorrerse. Cuando la puerta se cierra detrás de ellos, Eusebio suelta por fin a Violeta, que se tambalea haciendo círculos y se tira sobre el sofá bocarriba. «¿Quieres ver la casa?», pregunta Eusebio. «Puedes dar una vuelta mientras sirvo las copas.» Ha comprado botellas de todo tipo para no errar, pero no hay crema de whisky. Busca en la cocina los vasos y el hielo. «Qué casa tan bonita», dice Violeta. Tiene los ojos entreabiertos y mira al techo. Uno de los brazos le cae por el costado hasta el suelo, inerte. La reacción que ha experimentado después de la primera dosis de la droga es aguda y Eusebio no quiere cometer ningún exceso: saca el frasco sin disimulo y vierte en el vaso sólo tres gotas más. Lo llena de whisky y se lo entrega. Ella lo aferra con las dos manos, como si fuera algo muy pesado. Sigue sonriendo: le cuelga del labio una baba larga, como a los locos de los manicomios. Sorbe del vaso, muerde el hielo. Eusebio la contempla: él bebe agua. Espera en silencio a que ella se derrumbe, acecha. Se pone el vaso helado sobre la mejilla para enfriarla: le arde el cuerpo. Piensa en Julia. Piensa en el alma de los reos, en la voluntad indescifrable de los asesinos. Un avispero en el que apoyar la mano, una guillotina sobre la que tumbarse.

La ventana de Alfonso está apagada, pero Eusebio cierra la cortina. Coge a Violeta entre los brazos –el

200

cuello, las corvas de las piernas– y la lleva a la cama. Ella masculla, se ríe aún, mueve la lengua entre los dientes. Eusebio la descalza, la desnuda. Tiene los senos pequeños, los pezones lobulados. Los muslos son flacos, desnutridos. Las uñas de los pies están pintadas. Las rótulas despuntan, se arquean. Hay pecas en el vientre. El pubis, sin rasurar, es tupido, crespo, enmarañado: un vello repelente, de mujer vieja. Mientras se desnuda, Eusebio llora. Mira el cuerpo de Violeta como si fuera su cadáver: la prueba de un crimen. Rajarle el pecho, coger el corazón entre sus manos y cuartearlo. Cierra los ojos y se agarra la verga, llena de sangre. Piensa en Julia o en Marcia: ya no es capaz de discernir si lo que hace es por su amor o por venganza. «Porque la vida es perdición», dice entre dientes, repite la letra de un bolero.

Se tumba encima de Violeta, le besa los pezones. Pone el glande en sus ingles, pero no la penetra. Nota el roce del vello, el olor de la carne: resudor, vinagre, sedimentos. Violeta no se mueve. Susurra, gorjea. El vientre, al respirar, se le encorva. Eusebio tiene miedo. Está en celo como una bestia: los testículos le duelen. Siente bajo él el cuerpo quieto, vencido, domesticado. Le excita ese dominio, la posesión sin límites de otra criatura. Le excita saber que puede hacer con ella lo que quiera. Pero el miedo le detiene. La excitación, el miedo: los cabos de una cuerda que se estira.

Eusebio se masturba. Eyacula en los muslos de Violeta. Luego se deja caer sobre la cama, se tumba bocarriba. Él sigue llorando mientras ella ríe. La luz está prendida: es amarilla. Huele a óxido. Sólo se escu-

201

cha el ritmo de un despertador que hay en la mesilla: Eusebio cuenta los compases. Pasa mucho tiempo. Después se levanta y busca en su chaqueta un pañuelo. Limpia el semen reseco de las piernas de Violeta. Se viste y recoge la casa minuciosamente, con apatía: friega los vasos, los coloca, esconde las botellas, alisa los cojines del sofá, apaga las luces, descorre las cortinas. Cuando todo está listo, vuelve al dormitorio e incorpora a Violeta. Le pone la ropa poco a poco, sujetando su cuerpo en equilibrio: le abrocha la blusa, le cierra los vaqueros, le encaja los zapatos. La lleva a rastras hasta el baño: le moja la cara, la pellizca. En un descuido la suelta y, como plomo, Violeta se escurre hasta el suelo. Se oye un golpe seco: el cuerpo rebota inerme, blando. Eusebio, asustado, se arrodilla a recogerlo: no hay heridas, no hay daños. Violeta balbucea palabras sin sentido. Los ojos están sin vida, miran de través. Con esfuerzo, Eusebio la acarrea hasta el salón, la sienta otra vez en el sofá. Se sienta junto a ella. Espera. Los efectos, según le dijo Kamello, pueden durar varias horas. Él sólo necesita que Violeta sea capaz de caminar, de sostener su cuerpo recto. Mira la hora: las doce menos cuarto de la noche. En ese instante suena el teléfono móvil de Violeta. Ella palmea, bosteza. Él se lo saca del bolsillo y mira en la pantalla: Iván, el novio. Deja que suene. Se recuesta, paciente. Cierra los ojos y se duerme.

«Eres un monstruo, una serpiente», grita Julia. Tiene el rostro congestionado: piel escarlata. Los tendones del cuello se le hinchan. Los ojos, sanguinolentos, le rebosan de los párpados, le saltan. Uno de los tirantes del camisón está caído sobre el brazo y se le ve medio seno: Eusebio siente ganas de besarla.

«¿Cómo puedes ser tan hijo de puta?», vocifera ella. «¿Cómo puedes desaparecer así?» Hace una pausa, se seca las lágrimas a manotazos. «Creí que habías muerto», continúa. «Durante varias horas he estado preparando los trajes de viuda.» Y luego exclama otra vez, insulta: «Malnacido, perro, cabrón, alimaña, miserable, sarnoso.» La voz resuena. Eusebio está seguro de que los vecinos, a esas horas de la noche, cuando empieza a amanecer, escuchan la pelea. Él no dice nada. La mira cabizbajo. Orgulloso. No quiere disculparse con mentiras y no puede, tampoco, hablarle de Violeta. Tiene deseo de acariciarla, pero no se atreve. La habitación está desordenada: en el suelo hay guías de teléfonos, un tazón de café volcado, la ropa de Julia, su bolso bocabajo, vacío. «¿Y tú?», pregunta Eusebio con la voz quemada. «¿Dónde estuviste hace dos días? ¿Con quién cenaste? ¿En qué cama te metiste?» Julia, al escucharle, se detiene. Le mira con estupor. Se acerca a él despacio y le abofetea. Le golpea con la palma de la mano y con el dorso. En su gesto no hay rabia, sino incredulidad. Después de unos segundos vuelve a abofetearle. En las mejillas de Eusebio queda la marca de los dedos, el perfil rojo. «¿Te gusta hacerlo?», pregunta sosegado. Julia comienza a llorar de nuevo. Sin decir nada, busca su teléfono móvil y marca un número. «Gorgonio, soy Julia», dice al cabo de unos segundos, entre sollozos. «Perdona que te despierte a estas horas, pero necesito que hables con Eusebio. Necesito que le cuentes con quién estuve hace dos días. Necesito que le expliques lo que me dijiste de su enfermedad, de su locura, de su insomnio.» Se calla. El camisón se le ha abierto ya por completo. Le da el teléfono a Eusebio, que no lo coge. Ella sigue llorando. No se despide de Gorgonio, no cuelga. Después de mucho tiempo, deja el aparato sobre una mesa. Se sienta en el suelo y esconde la cara entre las manos.

Eusebio se hace un juramento que sabe que no va a cumplir: no volverá a pisar las cuevas, los sótanos, las catacumbas. No volverá a buscar las sombras. Observa el pelo de Julia: hebras descosidas, amasijo. El pelo de una loca. Ella llora boqueando, con asfixia. El cuerpo se le afloja, se le apaga. La ansiedad de esas horas se disipa de repente, se deshace como el hielo bajo el grifo del agua: un alivio, un vaciamiento.

De pie en el umbral, Eusebio contempla los estragos. Hace memoria de la última vez que se acostó con Julia: semanas, quizá meses. Es la mujer a la que ama. La mujer a la que prometió cuidar. El mandamiento que tiene es el de conseguir que sea bienaventurada, no el de hacer que llore. Debe velar su sueño, no forzarla a la vigilia. Debe procurar su paz, no su angustia. Se acuerda una vez más de Guillermo: era él quien lloraba de dolor cuando estaba con Marcia, quien se humillaba ante ella, quien sentía la desesperación de no merecer su afecto. Eusebio quiere ser como él. Quiere tener ese modelo de conducta. Tal vez si Julia le atara o le azotase se comportaría de otro modo. Tal vez entonces podría dormir y olvidarlo todo.

204

Detrás de Julia, a través del ventanal, Eusebio ve el cielo que clarea. Sin decir nada, va hasta el dormitorio y se desnuda. Se tumba en la cama, cierra los ojos. Trata de llorar, pero no lo logra.

Julia estudia la posibilidad de llamar a la oficina y decir que está enferma, pero no se siente con fuerzas para quedarse junto a Eusebio. Intenta desentumecer el cuerpo, se ducha, se limpia con el agua la costra de la carne. Después se maquilla más que ningún día: una capa gruesa de afeites para no verse a sí misma. Se arregla el pelo que la noche le ha dejado desgreñado. Se viste, se pone zapatos de tacón alto. Se perfuma. Cuando ha terminado, mira el reloj. Es temprano aún, pero se marcha. No entra en el dormitorio a ver a Eusebio.

Conduce hasta la oficina con los ojos medio abiertos: pasa entre los coches raspándolos, tuerce por las calles sin aviso, se salta los semáforos cerrados. Piensa en el amor: un légamo en el que los pies se hunden, un cordón invisible como los de las marionetas, un olor huidizo. No sabe si Eusebio dejó de amarla. Algunos días le observa en silencio, le vigila, pero no consigue entender qué le atormenta. Por las noches, cuando se despierta, encuentra la cama vacía: se levanta de puntillas y se asoma al salón para espiarle. A veces está tumbado en el suelo, mirando al techo; a veces lee un libro, bebe whisky, mira por la ventana. Julia no le habla: regresa a la cama y poco a poco se va durmiendo. Piensa en la rapidez con que todo ha sido devastado: las hortalizas, las caricias, la serenidad, la certidumbre. La vida es un cenagal. Una emboscada.

205

Se sienta en la mesa de su despacho, enciende el ordenador y mira fijamente a la pantalla. Saluda a sus compañeros cuando pasan frente a ella, pero sólo piensa en Eusebio. Cuando le conoció era un hombre alegre y apasionado. Ahora, en cambio, es lúgubre. Impenetrable, mudo. Si ella le pregunta, no responde. Bebe como un borracho. No se asea. Tiene pesadillas. Rechaza los besos, el sexo, la ternura. Una vez le contó que en Bangkok se acostó con una niña: Julia lo recuerda y se estremece. ¿Es eso lo que le ocurre a Eusebio? ¿Se ha enamorado de una niña, va a burdeles infantiles, sufre alguna desviación patógena? Gorgonio no le dio ningún dictamen. Le habló de trastornos del cerebro, de desórdenes mentales, de padecimientos. Le enumeró píldoras y bebedizos. Pero al fin, después de todas las lecciones clínicas y neurológicas, encendió un puro habano, se acomodó en la butaca y le dijo con pesadumbre, sonriendo, que la vida era un cenagal y una emboscada. «Ése es casi siempre el mal», aseguró soltando el humo. «Y ese mal no tiene cura.»

Julia se arrepiente, se descorazona. Quiere saber qué le ocurre a Eusebio y ayudarlo. Es el hombre al que prometió cuidar. Mira en la pantalla de su ordenador, negra, espejeante, el reflejo de su propio rostro. Y de repente pronuncia un nombre: Nicole. Esa chica americana de aspecto quebradizo a la que conoció en la boda. «Nicole», repite. La única amiga de Eusebio a la que recuerda. Encuentra ánimo, consuelo. Y se pone enseguida a buscar su número de teléfono para llamarla.

Después de ducharse, Eusebio y Padrastro se reúnen en el bar. Es media tarde y hay mucha gente. En una de las mesas, ellos beben: sedientos, postrados. Acaban de un trago la primera ronda y piden otra. Eusebio saca del bolsillo dos billetes de cincuenta euros. «Hasta que se acabe el dinero», dice. Tiene ojeras. Los labios, a veces, le tiemblan por el desfallecimiento. Todavía se le vienen a las mientes las imágenes de la noche pasada: Violeta desnuda sobre la cama, Julia enloquecida. Intenta prestar atención a lo que cuenta Padrastro. Le mira fijamente a los ojos mientras le escucha hablar de una avería que tuvo su coche hace un mes, de la boda de un compañero de trabajo, de una moneda francesa que lleva años buscando. Eusebio pide más cerveza y le pregunta por sus hijos. Quiere provocarle, llegar hasta el núcleo del extravío. Padrastro, sin embargo, responde con tanto sentimentalismo que Eusebio se asombra. Explica que Matías, el pequeño, es muy buen estudiante pero tiene dificultades con las matemáticas. Está acomplejado y algunos días le encuentra estudiando a deshoras, haciendo ecuaciones y repasando la geometría. La niña, en cambio, ha empezado a pintarse y a coquetear con chicos. Es responsable y hace sus tareas, pero lo que más le preocupa son los vestidos, las canciones y los amoríos de la escuela. Padrastro lo cuenta con afecto, con devoción de padre. «Es una edad terrible», asegura. Eusebio le escucha fascinado: lo prodigioso, como él imaginaba, no es conocer los secretos de los hombres, sino las rutinas cotidianas de las bestias. La bondad de los vampiros, la ternura de los monstruos. Padrastro no posee racionalidad: ofrece a

207

sus hijos narcotizados para que los violen y habla luego de ellos con cariño. La mente humana produce esos ensueños. Eusebio bebe su cerveza y se pregunta si también él, como Padrastro, desvaría, si sus pensamientos son discontinuos y paradójicos, si su raciocinio está mordido por termitas. ¿Cómo comienza la locura? ¿Cuál es el principio?

«En verano voy a llevarles a Nueva York», dice Padrastro. «Hace mucho tiempo que están deseando ir y quiero darles una sorpresa.» Eusebio pide otra ronda de cervezas y luego, con entusiasmo, habla con Padrastro de la ciudad: sus rascacielos, sus restaurantes, sus calles bulliciosas. «¿Tu hija es guapa?», pregunta de repente, mirándole al fondo de los ojos. Padrastro arruga el entrecejo, abre la boca con asombro. Eusebio está tan cansado que no flaquea: su expresión es impávida, insolente. Hay unos segundos de silencio. «Muy guapa», dice por fin Padrastro. «La niña más guapa que conozco.»

Durante tres días, Eusebio no enciende el ordenador: se ha prometido a sí mismo tener un comportamiento recto, juicioso y reflexivo. Se levanta a la misma hora que Julia y prepara el desayuno mientras ella se asea. Luego se afeita, se da una ducha y sale a pasear, como hacía antes. Compra periódicos y mira los anuncios por palabras en busca de trabajo. Va a las tiendas de cómics, se sienta en los bancos de la calle, come en restaurantes. Por la tarde, a la caída del sol, regresa a casa y prepara la cena. Pone a secar las semillas del tomate y del calabacín para sembrar de nuevo en la azotea cuando sea la época de hacerlo. Bebe una copa de vino, una cerveza, pero no prueba el whisky. Toma las pastillas que le recetó el médico y trata de dormir.

Su cerebro, sin embargo, sigue estando lleno de larvas que le aturden. No puede gobernar las ideas ni borrar las imágenes: alucinaciones, zozobras, manías obsesivas. Cuando cierra los ojos, vuelve a ver a Guillermo arrodillado junto a Marcia y a la niña de Bangkok desnuda. Al leer algún libro, pierde enseguida el hilo de las palabras y comienza a pensar en la médula de la vida, en su brutalidad. No duerme: cavila, especula, se concentra en abstracciones. Y a veces, inadvertidamente, imagina a la hija de Padrastro.

El tercer día, por la noche, cuando Julia se acuesta, saca la botella de whisky y se sirve un vaso. Siente alivio y piensa que el alcohol no es en realidad una droga, sino una medicina, una panacea que cura los males del espíritu. El cuarto día prepara el desayuno para Julia —un café, tostadas, zumo de naranja— y se sienta con ella a tomarlo. Julia come en silencio, sin mirarle. Se afana en untar la mantequilla, en quitar la pulpa gruesa del zumo, en remover el azúcar del café. Después recoge su cartera, su bolso, su chaqueta. Se marcha. Eusebio entonces se levanta y camina por la casa desorientado, como si fuera un huésped. Sale a la azotea, remueve la tierra con una pala pequeña de jardinero. Al cabo de un rato, cuando comienza a tener escalofríos, vuelve a entrar. Se desnuda y se mete en la ducha. Se lava concienzudamente. Al salir, aún desnudo, se sirve otro whisky. Suspira. Siente cómo el centro del pecho, el esternón, se le dilata: igual que si tuviera una válvula o un mecanismo de filtración, comienza a respirar a bocanadas, a pulmón abierto. Al percatarse de esa placidez repentina, Eusebio piensa en los engranajes del cuerpo: la enfermedad de sus órganos o la viscosidad de la sangre es un asunto moral.

«Erasmo habla como un catedrático», dice Olivia con orgullo de madre: los ojos le chispean, la saliva le moja los labios. Julia sonríe cortésmente y le pregunta por la escuela. «Va a una guardería que hay cerca de casa», explica Olivia. Julia alarga durante un rato la charla ceremoniosa para no parecer impaciente. Hablan de los preceptos de la religión mormona, de los huracanes que barren las costas de Estados Unidos y del canguro que cuida a Erasmo cuando Olivia sale. Están en una cafetería del centro de la ciudad. Hay mucha gente, pero su mesa, en un extremo de la sala, es tranquila. Julia está tensa, tiene el cuerpo envarado. Olivia, en cambio, muestra un gesto sereno. «Los padres somos verdaderamente felices cuando podemos abandonar a nuestros hijos», dice riendo. «Estar aquí contigo es como estar en el paraíso.» Julia asiente y comenta con consideración lo abrumador que debe de ser tener un hijo. «¿Eusebio y tú no queréis ser padres?», pregunta Olivia. A Julia entonces le flaquea el ánimo, se le humedecen los ojos. Olivia le coge una mano, se inclina sobre la mesa, la mira compasivamente. Su cercanía emociona aún más a Julia, que se queda sin voz. «No sé lo que quiere Eusebio», dice. Y al cabo de unos instantes:

«Tampoco sé lo que yo quiero.» Olivia se cambia de silla para estar a su lado. Le aprieta la mano. «Cuéntame lo que te ocurre», dice con dulzura. Julia empieza a llorar silenciosamente, sin espasmos ni gemidos, sin mover el rostro. En las pupilas se le forma una lámina de agua que las ilumina. Olivia deja que pase el tiempo, aguarda. Luego dice de nuevo: «Cuéntame, por favor.»

Julia comienza a hablar mientras mira a un punto ciego de la sala, frente a ella. Emplea una voz sonámbula, escurrida, triste. Tiene los dedos apoyados en el platillo de la taza, pero no los mueve. Le han caído en la frente dos hebras de pelo, dos mechones. «No conozco a Eusebio», dice. Y a continuación le cuenta a Olivia todo lo que ha ocurrido: los insomnios nocturnos que ella espía, las botellas de whisky que encuentra escondidas, el desaliño, el desorden, la frialdad sexual. Le cuenta también lo que ocurrió el día en que la llamó: Eusebio no regresó a dormir y ella llegó a pensar que había muerto. «¿Crees que tiene una amante?», pregunta Olivia cuando Julia se calla. Julia niega suavemente. «No lo sé», dice, y lo repite: «No lo sé. Cuando le conocí creí que era el hombre más deslumbrante del mundo. Estaba pendiente de mí todo el día, satisfacía todos mis deseos sin discutirlos, se acordaba de mis gustos y de mis manías. Me enamoré de él sin saber cómo era en realidad. Luego empezó a cambiar y a comportarse de forma extraña.» Julia piensa si debe decirle a Olivia lo que Eusebio le contó de la niña de Bangkok, pero siente vergüenza y se calla. No quiere que Olivia crea que él es un pervertido. No quiere delatarle. «No tiene familia ni tiene amigos», dice como si estuviera disculpándose. La mira por fin a los ojos. «No sé qué hacer, Nicole.»

Olivia le da un pañuelo para que se seque las lágrimas. Le acaricia el dorso de la mano. «Yo tampoco conozco a Eusebio», dice. «Era muy amigo de Guillermo, pero yo apenas le veía. Ellos salían juntos a veces, sin mí. Se iban a beber o a jugar al fútbol. Guillermo me contaba sólo algunas cosas. Nunca me dijo, por ejemplo, que antes de conocerte a ti Eusebio estuvo a punto de casarse.» Julia no se descompone, no se inquieta. «¿Estuvo a punto de casarse?», pregunta con una entonación indefinida. No siente vergüenza de reconocer ante Olivia que no lo sabe: se ha citado con ella precisamente para husmear esos secretos. «Me lo dijo él mismo después de que Guillermo muriera», explica Olivia. «Guillermo trató de reconciliarlos cuando se separaron, pero no fue capaz de hacerlo. No la conozco, no sé nada de ella. Sólo que se llama Marcia.» Julia se estremece. Siente un escalofrío en el filo de los dientes, como si le hubieran dado una cuchillada en las encías: se pasa la punta de la lengua para secar la sangre, pero sólo encuentra saliva helada. «¿Marcia?», pregunta. Olivia asiente: «Marcia.»

El viaje imprevisto de Julia le da a Eusebio libertad para componer sus planes sin argucias. A las ocho menos cuarto de la noche llega a la casa de ella. Sube la escalera, como siempre, sigilosamente. El apartamento está frío. Entra sin encender las luces, a tientas. Sobre un aparador deja la bolsa que lleva: una botella de vino.

Se quita los pantalones y los calzoncillos, coloca una silla frente a la ventana y se sienta en ella. El tiempo que transcurre hasta que Alfonso llega, a las ocho y tres minutos, se le hace interminable. Cuando por fin se enciende la luz en el balcón de enfrente, se sobresalta. Detrás de Alfonso entra Dorian, que echa una ojeada a la habitación y, con gesto de complacencia, dice algo. Hablan durante unos instantes. Luego, Alfonso sale por la puerta y Dorian se acerca a la ventana y mira hacia donde Eusebio está. Descorre la cortina hasta el extremo. Eusebio adelanta un poco la cabeza para que la claridad de la calle, cenital, le ilumine, pero a pesar de ello Dorian no puede verle. Se sonríen uno al otro a oscuras, invisiblemente.

Alfonso regresa enseguida con los vasos: le da uno a Dorian, que bebe un trago largo y luego lo deja sobre una de las repisas de la estantería. Se acerca a Alfonso y, sin preámbulos, le besa en la boca. Alfonso reacciona con susto: da un paso hacia atrás, aparta el rostro. La persistencia de Dorian, sin embargo, le convence. Se deja besar y, para abrazar al muchacho con más libertad, coloca también el vaso sobre un mueble.

Dorian no se entretiene: hurga entre los vientres y trata de desabrochar el cinturón de Alfonso. Alfonso vuelve a turbarse. Mira a Dorian con gesto de enajenamiento: no puede comprender que un chico tan guapo esté deseándole sexualmente. Eusebio, desde el edificio del otro lado de la calle, observa su expresión: pasmo, embeleso, éxtasis. Le ve dudar durante un instante y abandonarse luego. Dorian le desabrocha la camisa sin dejar de besarle. En unos segundos, como si fuera pres-

213

tidigitador, él mismo se desnuda y desnuda a Alfonso, que, con los zapatos aún puestos, tiene los pantalones en los tobillos. Dorian le sujeta por la nuca y le empuja para que se arrodille a hacerle una felación. Es en ese momento cuando Alfonso, pudoroso, se da cuenta de que la ventana está descubierta y de que ellos están ante ella, a la vista del exterior. Hace entonces un ademán de acercarse para correr la cortina. Dorian, sin violencia pero con firmeza, le detiene y le obliga a hincarse en el suelo. A Alfonso le gusta esa determinación, ese comportamiento viril: obedece, se amorra. Dorian se gira un poco y apoya la espalda en el mueble de la pared para que el ángulo de visión de Eusebio sea perfecto. Eusebio ve ahora cómo el pene recto de Dorian, que sólo tiene una sombra de vello, se mueve entre los labios de Alfonso. Dorian tiene el cuello estirado, los tendones tensos: ha echado la cabeza hacia atrás y, con los ojos cerrados, gime. Eusebio no puede escucharle, pero sus propios gemidos se conciertan. Nunca ha sentido atracción por los hombres, no le agradan los cuerpos rectos y angulosos de Dorian o de Alfonso, pero a pesar de ello el espectáculo que ve a través de la ventana le fascina. Salacidad, celo, incontinencia.

Después de unos minutos, Dorian aferra el pelo de Alfonso y tira de él para que se levante. Le dice algo y Alfonso, con patetismo, se descalza y se saca los pantalones. Se queda de pie, con los calcetines arrollados, mientras Dorian busca en los bolsillos de su ropa un preservativo y se lo pone. El muchacho fuerza a Alfonso a darse la vuelta, le separa las piernas, le abre las nalgas y escupe en ellas para lubricar el ano. Después

214

le embiste. Alfonso, que está apoyado en la estantería, con los brazos extendidos, se contrae. Quizá grita: Eusebio no puede oírlo. Flexiona levemente las rodillas para que Dorian, que es un poco más bajo que él, se encaje cómodamente, se encaballe. Dorian le acomete con teatralidad, moviendo las caderas como si estuviera haciendo una danza. Los dos cuerpos van poco a poco acoplándose: el mismo ritmo, las mismas convulsiones. De vez en cuando, Dorian golpea a Alfonso en una de las cachas de las nalgas. No parecen amantes nuevos, sino exhibicionistas experimentados. Eusebio piensa que Dorian es un profesional extraordinario, que cumple bien las encomiendas de sus clientes. Deja de masturbarse porque no quiere que el enardecimiento le apremie tan pronto: esa representación es sólo un prolegómeno. Se pone de pie y, sin dejar de mirar al otro lado de la calle, sosteniéndose los testículos en la mano, imagina a la hija de Padrastro.

Dorian pone sus manos en la cintura de Alfonso, se sujeta a ella y arremete con más brío. Su pelvis golpea con tanta fuerza en las nalgas que la carne, fofa, se mueve amorfamente, como si fuera gelatina. De repente, el cuerpo de Dorian se sacude, los muslos se encogen. Aprieta los párpados, las mandíbulas. Embiste aún durante unos segundos —un minuto, dos minutos—, pero lo hace ya con lentitud, con embates retardados. Luego se aparta y se queda parado en mitad de la sala, tambaleante. Conserva la erección. Aguarda sin moverse hasta que Alfonso, que está masturbándose en la misma postura que tenía, eyacula. Después se quita el preservativo y lo tira al suelo. Se acerca de nuevo a

Alfonso y le acaricia la espalda, le abraza. Le dice algo. Los dos sonríen. Se besan. Alfonso ha perdido su timidez. Habla con un gesto venturoso. Desaparece durante unos instantes y vuelve con una toalla para limpiarlo todo. Dorian ha empezado a vestirse sin prisa, pero ante la reconvención amorosa de Alfonso se quita de nuevo la ropa y ríe.

Eusebio mira el reloj: las ocho y veintinueve minutos. Comienza también él a vestirse, coloca la silla, limpia los rastros, recoge la botella de vino. Sale de la casa sin hacer ruido. Desde la calle mira hacia arriba, pero sólo puede ver la luz del balcón. Coge un taxi y le da la dirección de Padrastro. A las nueve en punto llega frente al portal. Está muy nervioso, como cuando en la adolescencia tenía una cita con una chica. Toca el timbre. En el ascensor hace ejercicios respiratorios para tranquilizarse.

Le abre la puerta Cecilia. Eusebio la reconoce por la foto que Padrastro le mostró en el chat cuando, con otra identidad, contactó con él por primera vez. Tiene el pelo negro y largo, rizado en ondas. El rostro posee aún algunos rasgos infantiles, pero el maquillaje –sombra de ojos, lapiz de labios rosa– lo endurece. Es guapa. «Hola», dice con una sonrisa tibia. «¿Eres Guillermo?» Eusebio asiente. «Y tú eres Cecilia», aventura. Lo primero que piensa es que dos horas después se va a acostar con ella, que la va a violar delante de su padre. Cecilia alarga la sonrisa, deja ver los dientes. Se aparta de la puerta para que Eusebio entre.

Padrastro se asoma al vestíbulo con dos puñados de cubiertos en las manos. «Qué puntual», exclama con

216

aprobación. «Estamos terminando de preparar la mesa. Pasa y siéntate. ¿Qué quieres beber?» Eusebio le alarga la bolsa que ha traído con la botella. «Un poco de vino», dice. Padrastro sirve dos copas. Conversan en el salón, en uno de cuyos extremos está la mesa. Toman los aperitivos: unos frutos secos, unas virutas de jamón. Cecilia, sentada en el sofá, no habla. Cuando pasan a la mesa, Padrastro avisa a gritos a su hijo. Matías no tarda en aparecer. Saluda a Eusebio con urbanidad: le estrecha la mano, hace una suave reverencia con la cabeza. Eusebio se turba al mirarle. No tiene propósito de sodomizarlo, pero sabe que podría hacerlo si quisiera: esa certidumbre le aturde. Durante un instante siente el deseo de renunciar: terror, arrepentimiento, asco. Pero como si fuera una misión, como si sus actos dependieran de un deber, como si tuviera que ofrecer un sacrificio, se avergüenza enseguida de sus dudas y revalida el designio que ha acordado. «Sólo merece la pena vivir si se hace con exageración», se repite a sí mismo mientras se sientan a la mesa.

«La comida no la he preparado yo», advierte Padrastro sonriendo precavido. «Afortunadamente», dice Cecilia, con sonsonete. «Nos quedaríamos sin cenar», remacha Matías. «Tenemos una asistenta que viene por las mañanas a limpiar y a hacer las tareas domésticas», explica Padrastro mientras va sirviendo de una sopera: crema de calabaza con puntas de espárragos trigueros. «Le pedí que hiciera algo especial para esta noche.» «Sólo comemos cosas especiales cuando hay invitados», porfía Matías, apurando el sarcasmo. Eusebio ríe las bromas y piensa asombrado en esa camaradería afectuosa que hay entre Padrastro y sus hijos. Siente alivio al descubrir que la brutalidad no siempre es maléfica: esos niños no saben nada de las lacras que alimentan, no padecen sus consecuencias ni sus daños.

Durante la cena hablan del colegio, de videojuegos, de los novios que ha tenido Cecilia, de las películas de superhéroes que han estrenado. Matías, que lee muchos cómics, promete enseñarle luego a Eusebio su colección. Tiene también una estantería llena de figuras a escala de los personajes: Blueberry, Tomb Raider, Spiderman, Cíclope, el Hombre de Hielo, Conan, Obélix. En los postres, Eusebio, sin desvelar el secreto que Padrastro guarda para el verano, les habla de Nueva York: los barcos que bordean Manhattan, el puente de Brooklyn, las luces de Times Square. Los niños le escuchan hipnotizados. Padrastro no dice nada: mira a Eusebio agradecido por la argucia.

A las once menos cuarto, Padrastro va a la cocina y trae en una bandeja los cafés. A Matías y a Cecilia les sirve vasos de cacao que humean. Eusebio los contempla con aprensión: sabe que en ellos está la droga y que cuando los hayan tomado no habrá marcha atrás. La piel se le cubre rápido de sudor. En la camisa se le marca el cerco oscuro de las axilas. Está asustado, pero no titubea. Se disculpa y, mientras se enfría el café, que hierve, va al cuarto de baño. Se mira en el espejo y ve que su cara no está, como creía, desencajada: tiene un aspecto anodino, convencional. Piensa en Dorian Gray: se le ennegrece el alma, pero su rostro se conserva armonioso y puro.

Abre el grifo y llena un poco el vaso que hay sobre

el lavabo para enjuagarse. Luego saca del bolsillo el frasco de la droga y, con cuidado, echa tres gotas. Había planeado usar una dosis de cuatro gotas, pero ha bebido demasiado vino durante la cena y no quiere que los efectos le incapaciten. Busca coraje, no aletargamiento. Se acuerda de Violeta: desvanecimiento, privación, olvido. Bebe el ácido de un trago, se moja las mejillas y regresa al salón.

Matías y Cecilia ya han terminado y le esperan para despedirse. El niño le pide que le acompañe hasta su cuarto para enseñarle, como le ha prometido, su colección de cómics. Eusebio, desconcertado, mira a Padrastro. Padrastro consiente en que vaya, pero le pide a Matías que no sea fastidioso con su huésped. «El café acabará enfriándosele», dice. Eusebio sigue a Matías hasta su cuarto y ojea algunos de los volúmenes que tiene alineados en las estanterías. Examina las figuras de plomo, los pósters. Luego se despide otra vez de él y vuelve al salón, donde Padrastro le espera. «¿Cuánto tarda en hacer efecto?», pregunta acongojado. «Poco tiempo», dice Padrastro, que se ha servido coñac en una copa grande. «Media hora, cuarenta y cinco minutos.» «¿Y después?», pregunta de nuevo Eusebio. «¿Quieres una copa?», le ofrece Padrastro. Eusebio vacila: quiere beber algo que le tranquilice, pero tiene miedo del resultado combinatorio del alcohol con la droga que acaba de tomar. «Beberé un poco más de vino», dice mientras sorbe el café, que está frío. «Después tenemos tres horas», responde Padrastro a su pregunta. Eusebio continúa interrogándole: «¿No es peligroso? ¿No pueden despertar?» Padrastro se ríe con displicencia, con hastío. «No hay ningún riesgo de que despierten», dice. «Relájate, podrás disfrutar de ellos con libertad.» Eusebio prosigue: «¿Nunca recuerdan lo que ha ocurrido?» «No pueden recordar nada», explica Padrastro con didactismo. «La mente está privada, suspendida. No recuerdan nada porque no experimentan nada. Es como un sueño profundo del que no pueden despertar.» «¿Se acordarán de mí?», pregunta Eusebio. «Claro que se acordarán de ti», dice con énfasis Padrastro. «Se acordarán de que viniste a cenar, de que les hablaste de Nueva York, de que examinaste la colección de tebeos de Matías. Seguro que creen que eres un tipo estupendo y me piden que vuelva a invitarte.»

Durante unos minutos hay silencio. Eusebio empieza a sentir el efecto del ácido: se le ablandan los músculos, se sosiega. Ve el aire más espeso: luminoso. Le entran ganas de moverse. Las imágenes cerebrales que se le aparecen son nítidas y coloridas. La conciencia se le desafila, pero los ánimos, poco a poco, se le van exaltando. «¿Quieres ver una película pornográfica para estar preparado?», pregunta Padrastro. Eusebio asiente sin sonrojo: «No la necesito para estar preparado, pero me entretendrá mientras esperamos.» «Puedes ver mi álbum de monedas, si lo prefieres», dice Padrastro. Los dos ríen. Luego Padrastro abre una gaveta con una llave que lleva en el bolsillo y saca un disco. Lo pone en el televisor. Tras unos segundos, se ve a Matías y a Cecilia, desnudos, sobre una cama. Eusebio, con estupor, mira a Padrastro, inquisitivo, y se acerca más a la pantalla. «¿Lo grabas todo?», pregunta, despavorido. «No», responde Padrastro. «Sólo grabo a quienes aceptan ser grabados. Para algunos hacerlo con una cámara delante es un estímulo. Después lo borro, no quiero que haya pruebas de nada.» La imagen no tiene demasiada calidad: hay neblina, la silueta de los objetos es imprecisa, las figuras se desenfocan al moverse. Un hombre entra en cuadro. Está desnudo. Se ven sus nalgas en primer plano. Después se acerca a la cama y, desde el borde, acaricia a Cecilia. Tiene aproximadamente cincuenta años, quizá más. No es gordo, pero su barriga, velluda, está formada por lorzas rollizas. Se inclina sobre Cecilia y la besa, la lame. Abre su vulva con los dedos y luego la lubrica con la lengua, la chupa. Al cabo de un rato, va al otro lado de la cama y hace lo mismo con Matías. Se mete su pene en la boca, muerde sus testículos, le besa en los labios. A veces, el hombre mira a un punto que hay detrás de la cámara –a Padrastro– y sonríe. Cuando se cansa de lamer, levanta al niño en vilo y le da la vuelta. Pone bajo su vientre una almohada para que el culo quede alzado. Le separa las piernas. De la mesilla de noche coge un bote de crema y unta con ella el ano. Repite la operación tres veces. Con los dedos, hundidos entre las nalgas, engrasa el conducto hasta la próstata. Se pone un preservativo y, con movimientos torpes, se monta sobre el niño y trata de penetrarlo. Tarda en conseguirlo. Cuando lo hace, se escucha el primer gemido diáfano de la grabación: un gemido oscuro, descarnado. El hombre comienza a jinetear encima del niño, del que sólo se pueden ver las piernas, inmóviles.

«Ya es la hora», dice de repente Padrastro. Apaga la grabación sin más prórroga y sale del salón. Eusebio se queda mirando la pantalla negra. No parpadea. Escucha los ruidos de afuera: las puertas, los golpes, los pasos. Padrastro regresa al cabo de unos segundos. «Ven conmigo», dice. Eusebio le obedece. Al levantarse se da cuenta de que tiene una erección: el pantalón, marcado, se le pinza.

Cecilia está en su cama, arropada. Tiene un libro entre las manos. Hay una lámpara encendida en la mesilla de noche. Matías, en el otro cuarto, está tumbado sobre la colcha, que no ha sido abierta. Tiene unos auriculares puestos y en la pantalla del ordenador se ve la interfaz de un videojuego detenido. Padrastro los carga por turnos y los lleva a su dormitorio, que es el que Eusebio ha visto en la grabación. Los tiende uno junto al otro y luego, con pericia, los desnuda: desabrocha los pijamas, levanta los cuerpos inertes, les saca la ropa. Eusebio lo contempla todo dócilmente. «Vete desnudando», dice Padrastro mientras hace su trabajo. «En la mesilla derecha están la crema lubricante y los preservativos. Yo me sentaré en aquel rincón. No me moveré hasta que termines, no diré nada. Trata de actuar como si estuvieras solo, pero no te olvides de las reglas: no puede quedar ninguna señal y no debe haber semen en las mucosas.» Hace una pausa para quitar la última prenda de Matías y luego los alinea perfectamente, como si fueran objetos de una exposición. «Enséñame la polla», dice encarando a Eusebio, que aún no ha comenzado a quitarse la ropa. Eusebio le mira con perplejidad, pero se ríe. Padrastro le recrimina: «No tenemos toda la noche, date prisa.» Él mismo tira del cinturón para que se lo desabroche. Eusebio, disciplinado, se baja el pantalón. Su sexo conserva la rigidez. Padrastro, como si fuera un médico, lo examina. Después emite su dictamen: «Es bastante gruesa, de modo que tendrás que tener cuidado. El cuerpo de Cecilia no se humedecerá. Debes usar la crema hasta que esté bien lubricado. Si no, habrá desgarros. En el caso de Matías, el problema es más grave.» «Con Matías no voy a hacer nada», interrumpe Eusebio. Padrastro le observa en silencio durante unos instantes. Parece decepcionado. «De Matías se disfruta más», dice. Su tono es el de un viajante de comercio. «No me gustan los hombres», explica Eusebio. «Matías no es un hombre», dice Padrastro. «Todavía no lo es.» Eusebio le sostiene la mirada. «Sólo quiero a Cecilia», insiste. Padrastro se encoge de hombros y, defraudado, asiente. Sin decir nada más, va al rincón que ha señalado antes y se sienta.

Eusebio termina de desnudarse en el umbral de la puerta. Deja su ropa en el suelo, desordenada. Siente la solemnidad del momento. Sabe que va a atravesar una línea que no puede volver a cruzarse en sentido inverso. Sin embargo, no está atormentado. Tiene una sensación fría de liberación. Sabe que hace todo eso por amor a Julia. Tal vez es el efecto de la droga que ha tomado, pero en ese instante es capaz de concebir con claridad que de algunos males de la vida sólo es posible defenderse con un crimen: para volver a ser compasivo hay que ser antes despiadado.

Eusebio es feliz mientras acaricia a Cecilia. Lo olvida todo. Olvida los insomnios, las traiciones de Marcia, el regusto del whisky, las imágenes de perros fornicando con mujeres. Le desaparecen las larvas del cerebro. No piensa en la muerte, en las vértebras sin carne, en el cráneo de un cadáver. Con la lengua, despacio, explora las encías de la niña, el lomo de sus muelas, su paladar, sus dientes. Se emboca en ella, la muerde con suavidad. El sabor del dentífrico se disuelve en el del café, en el del vino que Eusebio ha bebido antes de besarla. No se acuerda de que Padrastro está allí, mirándole. El tiempo deja de tener pulso. Sus manos no saben cómo acariciar: con las yemas, con los dedos, con las palmas extendidas. Todos los roces le parecen imperfectos, sin sustancia. Se abraza a la niña, ensaliva su piel, se enreda en ella. Después alcanza la crema y se afana sin prisa en empapar con ella las partes secas de su vulva. Al introducir los dedos dentro de Cecilia, tiene un espeluzno. Siente un deleite que nunca antes ha sentido. Mientras hurga en su clítoris, filosofa. Está a punto de cometer un acto aborrecible, pero no tiene remordimientos. Sabe que hay mucha gente que pasa toda su vida sin conocer esas emociones, que muere sin haber pisado el filo del abismo. «¿Qué clase de vida es ésa?», piensa Eusebio. Luego alza su cuerpo, se coloca, y empuja para que el glande entre en la vagina de Cecilia.

En un hotel de las afueras de la ciudad, Julia llora. Está tumbada en la cama, sin desvestir. Uno de sus pies tiene todavía el zapato puesto. La habitación está iluminada sólo por la luz del frigorífico, que se ha quedado abierto cuando Julia ha cogido algo para beber. Su motor produce un zumbido intenso, monótono. Al pie de la cama se encuentra la maleta. Tiene las cremalleras descorridas, pero está sin deshacer. En una de las manos de Julia hay unas gafas.

Eusebio camina por la ciudad durante toda la noche. Se sienta en un banco y espera. Luego se tumba. Sopla un aire frío, pero se cubre con la chaqueta, como un limosnero. Mira hacia el cielo, que empieza a clarear. Hace mucho tiempo que no ve amanecer en la calle: desde la época en la que golfeaba en busca de mujeres.

Se mete una mano por debajo del pantalón y se toca los genitales. Quiere olvidarlo todo. Olvidar la imagen de Violeta. Olvidar la imagen de Cecilia. Olvidar a Dorian y a Padrastro. Olvidar a Marcia. El olvido pero tal vez la reincidencia: Eusebio sabe ahora que la única felicidad posible es la que no se forja a costa de esconder los vicios. La felicidad del doctor Jekyll, que no mancha nunca su virtud con los actos abominables de mister Hyde. Olvidarlo todo para poder volver a perpetrarlo luego.

Se duerme durante unos instantes y no ve cómo amanece.

Cuando descubre el sobre en el casillero del apartado de correos, Eusebio se queda quieto durante mucho tiempo. Detrás de él, algunas personas entran y salen con paquetes y cartas certificadas. La empleada que hay detrás del mostrador le observa con recelo.

Eusebio cierra el casillero sin recoger la carta y sube las escaleras de la oficina hasta la calle. Luego vuelve a bajar, abre de nuevo el casillero y, con cuidado, retira el sobre. Es la caligrafía de Julia: el número del apartado, el código postal y el nombre del destinatario: Segismundo.

Eusebio tarda una hora en atreverse a abrirlo. Camina con él en la mano sin rumbo, atraviesa avenidas y plazas. Entra en un parque poco tupido, descuidado, y se sienta en el césped. No hay nadie alrededor. Usando las uñas de los dedos índice y pulgar, rasga el borde del sobre con mucha precaución para no romper lo que haya dentro. El hilo de papel que ha arrancado lo guarda en un bolsillo: una reliquia. Saca una cuartilla doblada. Tiene la misma caligrafía: renglones rectos, letras alargadas, tinta azul. El escrito es muy breve. Eusebio se pone la hoja en el corazón y luego lo lee:

Querido Segismundo:

He tardado tanto tiempo en contestar a tus cartas porque no quería que nada me apartara del hombre al que amaba. Es posible que no seas capaz de entenderlo, porque no encontré en él, como en ti, el placer de la crueldad, sino el de la ternura. No sentí nunca deseos de azotarle, sino de besar cada una de las partes de su cuerpo, de dormir a su lado, de protegerle de los daños que trae la vida. El amor es una cosa extraña. Calma la brutalidad con la dulzura.

Ahora ese hombre ha muerto. Le hablo, le escribo cartas, pero no contesta. Por eso quiero volver a verte, Segismundo. No sé si lo que puedo ofrecerte es bruta-

lidad o dulzura. Fui una impostora y no deseo volver
a serlo. Prometí cosas que no tenía.

A veces no echamos de menos a alguien hasta que
nos enteramos de que está muerto. Lo borramos de
nuestra memoria y de nuestro corazón y seguimos
viviendo sin volver a pensar en él. Pero de repente,
cuando conocemos la noticia de su muerte, cuando
descubrimos que ya nunca volveremos a verle, nos
vuelven las ganas de abrazarlo de nuevo, de tenerlo
cerca. Ése es el mecanismo de la vida: buscar siempre
lo que se ha perdido.

Es posible hablar con los muertos y escribirles
cartas. Yo lo hago a veces. Lo estoy haciendo ahora. Se
trata de magia negra, de hechicería, pero alivia el
sufrimiento. Los muertos leen las cartas. Y así, de ese
modo, podemos hacerles volver desde el otro lado.
Desde el infierno.

Te esperaré en mi casa el jueves 22 a las diez de
la noche. No faltes, por favor.

No firma la carta Marcia: la firma Julia.

Eusebio entra en el portal sin llamar al timbre. Sube
la escalera muy despacio, deteniéndose en cada uno de
los rellanos. Recuerda la primera vez que lo hizo. Nunca más ha vuelto a encontrarse con doña Isabel, la
anciana del segundo. No conoce a todos los vecinos.
Ochenta escalones, cien escalones. En el último rellano
se para más tiempo, se sienta. No quiere llegar sin re-
suello. Luego termina de subir. Lleva suelas de goma y

apoya los pies suavemente para no hacer ruido. Cuenta los escalones: siete. Con sigilo, se acerca a la puerta de Julia y pone la oreja sobre la madera. No oye nada: ruidos orgánicos, silbidos de cañerías, cantinelas de termitas. Se queda así, escuchando, mucho rato. Está nervioso. No tiene larvas en el cerebro, pero respira mal, siente palpitaciones en el cuello y en el lado del corazón. Al final, cuando ya ha pasado la hora de la cita, toca el timbre. Durante unos segundos, nada se mueve: no hay sonidos en el interior de la casa, no llega el murmullo de ningún trajín. Pero después, suavemente, Eusebio escucha un crujido. Distingue los golpes sucesivos de unos pasos: no hay zapatos, están desnudos, pisan sobre la madera. Son cada vez más cercanos, se aproximan a la puerta. Se detienen allí. Eusebio respira hondo, se ensaliva los labios. Piensa que la vida es un cenagal, una emboscada. Luego el cerrojo se descorre.